主编　凌翔

当代作家精品·散文卷

彼岸的林子

谢枚琼　著

文化发展出版社
Cultural Development Press

图书在版编目（CIP）数据

彼岸的林子 / 谢枚琼著 . — 北京：文化发展出版社，2021.3
ISBN 978-7-5142-3347-6

Ⅰ . ①彼… Ⅱ . ①谢… Ⅲ . ①散文集－中国－当代
Ⅳ . ① I267

中国版本图书馆 CIP 数据核字（2021）第 035161 号

彼岸的林子

谢枚琼 著

责任编辑：岳智勇
出版发行：文化发展出版社（北京市翠微路 2 号 邮编：100036）
网　　址：www.wenhuafazhan.com
经　　销：各地新华书店
印　　刷：三河市金元印装有限公司

开　　本：710mm × 1000mm　1/16
字　　数：200 千字
印　　张：13
印　　次：2021 年 3 月第 1 版　　2021 年 3 月第 1 次印刷
定　　价：49.80 元
I S B N：978-7-5142-3347-6

目　录

第一辑　品尝时光的味道

第二辑　草木清香

第三辑　故乡原来就在身边

第四辑　回忆是思念的帆

第五辑　泣血的爱情

第六辑　在季候里的遇见

第一辑　品尝时光的味道

彼岸的林子

水域宽阔，彼岸浮现在水平线上，彼岸的林子像一大片水草，或者如宽阔的水域上生长的浮生物，彼岸之于此岸，更适宜眺望。眺望，使我对彼岸的林子，既熟悉又陌生。

常常在黄昏的时候来到彼岸，好像与彼岸的林子隔水相约。此时彼岸的林子该是一天里在清晨之后的一个最热闹的时候。鸟的翔影滑过暮色渐渐弥漫的天空，滑过我的头顶，朝林子飞去，于是，彼岸的林子上空腾起一片欢快的鸣叫，朴楞楞的声响里，我甚至可以想见一片光洁的羽毛轻盈地飘落于地。炊烟在林子之外的什么地方升起，林子里没有炊烟，只有声声鸟鸣在悠扬啼啭，仿若丝丝袅袅而起的呼唤，直如飘渺的炊烟，给人以温暖的怀想。鸟在聒噪声里抒发着快乐，这是它们体味与表达幸福的一种方式。我不知道一天不倦的飞翔为什么没有让晚归的鸟儿疲累，也许是丰厚的收获，使它们情不自禁地要炫耀般地歌唱，也许回到林子，回到温暖的家，就足以令它们好一阵欢欣了，世上还有比这更令人愉悦的事吗？

现在，我独自站在此岸，身后没有开阔的空间，身后的空间被拔地而起的座座建筑物或分割或占据，唯剩下几块豆腐块一样的血色的天空。此岸在鸟儿的眼里是另一座林子，钢筋水泥构筑的森林，只是没有鸟鸣，有的是人流车马的喧哗鼎沸。此岸的“鸟巢”则密密匝匝地拥挤在一座连着一座的楼房里，那是以铝合金门窗等现代物质封闭起来的，叫笼子或许更为贴切些。我此刻感觉自己是一只孤单单的鸟，孑然地徘徊在一座林子与另一座林子的边缘，眺望着彼岸的林子，眺望着彼岸的鸟，以及它们的欢乐。而我是局外人，无从快乐着它们的快乐。

当身后的林子里灯火辉煌时，彼岸的林子已然隐约模糊起来，其时，彼岸的林子渐渐陷入沉寂，像一个梦境开始的布局。我睁大眼睛，努力地搜寻那一棵水边的老树。在我每次的眺望中，老树犹如我阅读里必不可少的章节。我不知道它的名字，更不知道它的年龄。我对它同样地既陌生又熟悉。我最熟悉的莫过于它的身影了。熟悉它春天时新绿的身影，熟悉它炎夏时枝叶婆娑的身影，熟悉它深秋里黄叶飘零的身影，也熟悉它风雪中依然顽强挺立的傲姿。这是一棵枝干粗壮的老树，我不知它究竟见证与历经了几多寒暑轮回与四季更迭。它甚至就在不经意间唤醒了我对儿时村口的那棵古树的记忆。古树是村子的守护神，但后来作为一件装饰般的绿色的道具被移植入另一座林子，如我身后的城市一般的林子。在我立足的此岸的林子通常靠采取这种简单而生硬的手段来使自己好像要显得更像一座真正的林子一样。我不知道流浪他乡的古树是否还活着，我常常在眺望彼岸林子里的这棵老树时，会在心里莫名地涌动着对古树的牵挂。我经常目睹着在彼岸的林子里面，和古树一样命运的树木，眨眼间竟然就凋谢了它们生命的绿叶。它们的生命力显得那样脆弱。

什么时候，一枚古老的月亮已冉冉升起，在我现代情怀的正面遥遥地浮起来。月亮是否也属于彼岸的林子呢？反正我觉得它离我更远，离彼岸的林子更近，分明就挂在林子的树梢上。

月光在彼岸的林子里恣意地流淌，月光照亮了所有的水，恍惚间月光变成了另一片宏阔的水域。我看见在波光粼粼的足迹里，随月而舞的树那斑驳的身影，和一抹随月而舞的远峦的黛影。我燥热的目光和躁动的心，在月光的舞蹈里，享受着它宁静的抚慰。每每其时，我渴望着如月光一样打开自己，去面对真实与虚幻，面对具体与意象，君临大野的月，让我成为一片林子里的一棵树，同彼岸的林子一起呼吸，同鸟儿一起歌唱、休憩、舞蹈。

除了瞩望，我的确不曾涉足过彼岸的林子，这没有任何缘故，亦毋须何种理由，其实，从瞩望到瞩望，从意绪到意绪，从想象到想象之际，我已多少回抵达了彼岸的林子，我和一颗石头交谈，看一朵野花绽放，拾几声虫儿呢喃，揣几分静谧与温馨……譬如现在，我在宽广的河流里，朝彼岸的林子再一次泅渡，月光作舟，目光当楫，然后，我会载满一船月色归来。

柴米夫妻

打我身边呼啸而过的是车水马龙的掠影，扬过一阵阵风，卷起一股股烟尘，这是司空见惯的事，熟视无睹的街头风景，我除了掩鼻捂嘴抗拒车屁股里冒出的尾气外，实在找不出一丁点欣赏眼前这一切的理由。这是一个傍晚，我正独自徜徉在城市广场旁边的一条主干路的人行道上。我没有任何目的，却也不想在随意的漫步里把自己弄得灰头土脸，于是我不由得加快了步子，想尽快穿过这一路喧嚣的围困。此时我直觉得自己就是一个移动的吸尘器。而行人道旁的树木呢，则无异于默默地站立于街头的吸尘器，哦，还有不远处十字路口上执勤的交警呢，我内心里涌起些许感慨。

但我仍然没有想做哪怕是片刻的停留，以注目礼的形式来表达我对于路边的一棵树和路口执勤交警的一丝丝敬意。说实话，尽管现在我内心里对于在尘嚣里的那份毫不动摇的坚守心存敬意。

一辆摩托车此时倏地进入了我的视线。灰扑扑的一辆摩托车。我认不出车子的牌子，或者说根本就无法看清楚，不是因为它的车速过快，而是车身上蒙着斑斑点点的泥土，让我无从辨认。但现在我的眼球却被它如磁石般吸引住了，它“突突突”地拉长了我的视线，我的眼睛不由自主地追赶着那一个夹杂在飞驰而过的豪车、名车的车流里，显得格外寒酸，甚至是瘦弱的背影。

我其实要说的当然不是那辆脏兮兮的摩托车。吸引我目光的是车上那一对中年男女，都是四十来岁的年龄，都是黝黑的皮肤，都是一身沾满灰浆的脏衣服，男人在前驾驶，女人双手搂住他的腰坐在后面，紧挨女人的后座架上竟然绑着一捆枯柴。那一捆柴，看起来就是一些干枯了的树枝条，或粗或细，或长或短，在乡下只能填入灶膛里之类的枝丫，姑且叫作干柴吧。至于干柴，我小时候的记忆里面，是最熟悉不过了的。其时的乡下，没有煤气，没有沼气，甚至煤炭都是稀罕物、奢侈品，柴火自然是生活中不可替代的燃料了。每天放学回家后，学校老师布置的课外作业还是次要的，而去野外砍一背篮柴草回来，则是细伢子们必做的功课之一，若完成不了这个任务，脑门上可要挨母亲的“栗壳子”了。砍回家的柴草放到烈日下暴晒成干柴后就是燃烧之物，烧人吃的茶饭，煮猪吃的潲食，必不可少。但那时偏偏连山岗上、野地里仿佛都被一把剪刀推剪了一般，四下里一打量，光秃秃的一大片，即或要寻找到一把茅草或一丛荆棘也是让我们犯难的事。不似如今，乡野的小路都几乎要被两边茂密的草木占领了，封锁了。村子里有老人感叹，如今人都懒得出奇了，蛇钻进自己裤裆里也不扯了，柴草长到自家屋子的门里也不砍了。自然并非人变懒了的缘故，而是使用起来更方便、更干净的液化气已经堂而皇之地进入人家的灶屋里。为柴火头疼的年代已经远去。在老人的眼里，他们不会在乎炉灶里是否仍然需要柴火，而是纠结砍柴、捡柴这一习惯被后人们丢弃的做派，其潜意识里也许一直认定着，过去的传统就应当坚持下来。

看着正在我视线里一点点远去的那一对坐着摩托车的夫妻，以及车后座上的那一堆显得庞大的干柴，我仿佛看到干柴在灶膛里哔剥作响地燃烧着，红红的火苗吐着舌头，一下下地舔着乌黑的锅底，一缕缕青烟钻出屋顶，伴随着晚餐的清香悠悠地飘散在天空中。脑袋里便突然蹦出来一个词语：柴米夫妻。

那肯定是一对进城务工的农民夫妻，我嗅出了从他们身上传递出来的气味和信息。他们像早出晚归的鸟。而他们在辛勤的劳作之余犹不忘捡拾柴火的习惯，让我现在有足够的理由对他们的身份做出不二的判断，他们不就是一对柴米夫妻吗？物质生活的贫困或者富裕，都不会影响柴米夫妻坚守他们生活的信条。我相信他们断然不至于穷困潦倒到家里将断炊烟的境地，但他们仍然在坚持着多年来的一种习性，在旁人看来也许不屑一顾和不合时宜，甚至要受人白眼的做法，根本不会去考量事情本身是否具有特别的意义和价值。当脚跟前横躺着别人弃之无用的木条，他们当然不会熟视无睹，一弯腰，一伸手，就捡拾起来了。弯腰与伸手，从这再简单不过的动作里表达出来的其实就是一种生活的态度，不要去思索它的高贵或贫贱，自然即好，真诚即好。

远去的摩托车上载着的柴米夫妻，车流滚滚人流熙攘的都市里那么另类的柴米夫妻，与现代化的潮流格格不入的柴米夫妻，他们在有意无意的坚守中，用一捆干柴的简单打动了我的情怀。那对柴米夫妻风一样地走了，我却在飞扬跋扈的尘土中沉吟着，追寻着风中留下了什么……

打水漂

爷孙俩在水边打水漂，只见小孙子学着爷爷的样式，手里捏着薄薄的小石片，弓腿，弯腰，将小石片斜斜地削向水面，石片在平静如镜的水面上跳跃着、飘飞着，溅起一圈一圈的涟漪。爷孙俩便一起数着，一圈，两圈，三圈……我情不自禁地被深深吸引了。这一幕勾起了我尘封已久的回忆。

在那“贫血”的年代里，对于乡下的孩子来说，如果拥有一把木制的玩具枪，一件简陋的皮弹弓，都会视若珍宝，成为在小伙伴面前炫耀的资本，没有的便只好自己找乐子，我就是其中之一。打水漂，算得上是我儿时玩的最有意思的事情了。三两个小伙伴往池塘边一站，拉开架势打水漂，看谁打出的水圈圈多。打水漂可是有讲究的，石片要选得薄，而且表面平整光滑最好，身子要弯得低，角度和力道更要掌握得当。否则打出去的石片在水面上漂不起来，不仅跳跃不了几尺远，还可能直溜溜地沉入水底，这样的话，在伙伴们面前洋相可出大了。儿时的欢乐就在石片溅起的一朵朵小小的水花里、一圈圈跳动的涟漪里荡漾开来。

长大后一步步远离乡村的小径，远离清粼粼的池塘，我的生活波澜不惊。也许并不是每个人都乐意于一生中安守如水般平淡清静的日子，人们寻求一种适于和属于自己的生活，亦是无可厚非的事。而在时间滔滔的脚步声里，我更愿意从容不迫地去捕捉谛听真实的心音，用滤去了童稚的目光去触摸明澈的天空。我却也不得不承认，在心情百无聊赖之际，我心的水域上会泛起些许可用水漂来比喻的微澜。就好像自己正在面对一泓深不可测的平静，风不生水不起，像一幅固定在墙壁上的风景画，它的生动在重复的阅读里日渐演变成了呆滞。我质疑且绝不苟同“熟悉的地方没有风景”之说，但此时我恐怕难免也会作如此的想象，假若一只飞鸟抄过水面，假若一尾游鱼跃出水面，再假若一个孩童将一块石片削向水面呢？除了沉寂寂的静穆被撕碎，我不知道自己是否还可以收获到一份如儿时打水漂那般的快乐。

我细细地端详着眼前正在打水漂的祖孙俩，他们打水漂的每一个动作都牵动着我的目光，他们的笑声感染着我，这是我依然那么熟稔的场景，让我内心弥漫着温馨，我听见自己在不觉间亦发出会心的微笑。满头花白的老人，在这个时候也许回到了他远杳的记忆里吧，风霜雨雪里韶华早已不再，他那一脸的淡定仿佛告诉我，人生就像那打水漂的过程，由一个个水圈串联而成，水圈的多少也许就代表了你人生的精彩程度，但最终总会归结为一个“零”。再绚丽的人生也将回归到风平浪静。而那正在花骨朵一般年纪的孩子，天真烂漫，他为石片下绽开的每一朵水花而雀跃欢呼，打水漂会给他带来意想不到的一份欣喜，之所以使他意外，或许不是时尚的游戏机、卡通片之类可以比拟的了。不知是不是打水漂让他人生第一次体会到了创造美丽与欢乐的感受呢？

诚然，打水漂这个词组丰满了我一段成长的记忆。当懵懂青涩的我第一次了解到打水漂竟然还有另外的讽喻之意时，我甚至有些不解，人们何以要将这个为我带来过欢笑的词语，用来形容白白投入而没有收获的现象呢？我暗想，那种竹篮打水一场空的行为，以打水漂来比喻只怕亦是不贴切的，毕竟打水漂还能打出一串串美丽的涟漪，虽然稍纵即逝，却让人摄取瞬间绽放的美好。

这样的想法，算不算是我的自我解嘲呢？

和你去看春天的样子吧

不要怪阳光吝啬，在残冬的脚步声犹未完全在我们耳旁消杳的季节里，一层薄薄的阳光足以让我们的心空晴朗起来。今天，在我的心里实在是个平常得不能再平常的日子，它像我那些逝去的岁月和将要一天一天走过来的日子一样，不会具有多么深刻的象征意义，我想，是这样的。但今天却让我手中的笔按捺不住地要在素净的稿笺上叙说，记述关于这个早春二月的日子。

也许，因为和你在一起，一起去看春天的样子，这个日子才会深刻起来。

其实立春已经过去十天了，也就是说春天早已来到了人间，我却没能获知哪怕是一丁点有关春的讯息。我不过是从桌子上的台历里晓得这个消息的。台历右上角年月日的下面明白无误地写着“立春”两个字，我看着有些生硬，像平时见惯了小黑板上写着的“通知”之类的感觉。春天许是按照通知的时间准点抵达，而你我的确无法耳闻目睹她一路风尘仆仆地从冰山寒水上跋涉而至的场景，她或者是不事声张地蹑足而至，亦或是一路浩荡景象壮观。其时，我们的身体依然各自蜷缩在城市的笼子里，偎着暖气电炉，我们的意识依然处于睡眼迷离的冬眠状态。城市是座没有围墙的堡垒，它让里面的人变得感觉迟钝。

所以，当你说我们去看春天的样子吧，我的心仿佛霎那间荡起一圈涟漪。去看春天的样子，是多好的事情。

春天是什么样子，我的确不曾留意过，亦或是我已经渐渐淡忘了她的模样。你说，我们去乡村的原野上。是的，乡村的原野上，我们肯定能看到春天是什么样子。

乡村在城市的旁边，穿过萧索而又热闹的大街小巷就到了。此时，最好把我们想象成两只鸟。果真在村道旁就有两只鸟，一袭黑羽的八哥鸟，悠闲地踱着步，东瞅瞅，西望望，偶尔相互凝望一下，啁啾一声，你说，它们肯定在说情话，我似乎读出了两只鸟对视的目光仿佛在传递着似水柔情。

鸟儿轻灵地跳跃着，空旷的田野成为这对主角的舞台，更远的山峦，更高的天空成为背景。而我呢，而你呢，我们是观众，还是演员？顶多算是匆匆过客而已，我们不宜久留，倘若惊扰这两个天地间自由自在的精灵，恐怕无异于破坏的举止了。

早两天下过雨，脚下的土软润软润的，踩在上面便踏出一路节奏来。我们奔着一个主题而行走在早春的季候里，其实，又是漫无目的，说起来我们也不知道到哪里可以看到春天的样子。

不觉间，已在山村里愈行愈深了，弯弯曲曲的山路，峰回路转了几个回合，我早已没有了方向感。你说，你不担心迷失，一脸的舒坦，目光像钻出阴霾的阳光的抚摸，让我因此而温暖。已是晌午时分，我站在一处山坡上瞭望，散落山野的农舍，高低错落，飘出了炊烟，腾腾袅袅。我记忆中温馨的炊烟，像一声母亲的呼唤。我不禁痴迷地读着这种乡野里才会生长的植物，是的，我把它当作一株植物。不管如何地看，在我眼里，它都应该唤作青烟，像庄稼的颜色一样青青的。当然，你读不出来的，你没有如我一样那份对于一缕轻柔曼妙的炊烟在心灵和情感上的眷恋与皈依。而对缕缕青烟，我仿佛就看到春天正在缥缥缈缈地浮起来。

春天的样子在如云遮雾罩的炊烟里渐渐清晰，我凝神捕捉、解读、谛听，分明已看到了春天的颜色，从一抹嫩嫩的青绿开始而蔓延，而变幻，而缤纷；分明已听到了春天的声音，从一声鸟鸣的吟唱开始而清越，而流淌；分明已触摸到了春天的脉搏，从一溪流水的潺潺开始而律动，而欢快，而奔涌。在春天的原野上迎风而立，你在清新的呼吸里吐气若兰，我可是脚边那棵鹅黄里透出嫩绿的草芽吗？在绵长而无边的思念里，想你的草青了，爱你的花骨朵已缀上枝头，我知道，这些春天里再平凡不过的事物，每一棵、每一朵都将生长或者开放成一个春天的模样。

谁又能睥睨春天里的每一个细节、每一个事物，甚或是一粒微弱的呢喃，一眼浅浅的清水，一丝倏然掠过的风……可都是构成这个季节里面最为活泼的、生气萌动的分子、粒子、量子呢。其时，我站在山坡上，心底突然一阵悸动，一阵莫名的颤栗。

也许是因为春天里的憧憬与爱情，也许是因为生命中的卑微与伟大，也许已没有了任何也许，干脆就是因为春天的样子吧。踽踽于春天的驿道上，和你去看春天的样子，而我们的身影什么时候也许就在一只鸟的飞翔里，在一缕炊烟的飘逸里，远远近近地浓浓淡淡中亦有了些春天的模样了。

回眸日月山

山口南北不过是江南随处可见的两座山峦，站在青藏高原上，我感觉不到她的特别之处。藏人称其为“尼玛达瓦”即太阳与月亮的意思，一个响亮的名字，便在高原黄铜质的阳光和猎猎飘拂的风幡里，坦荡荡地传播——日月山，神奇动听的名字，我仿佛读出了其中蕴含着的古老的憧憬图腾和游牧子民对于日月光华的顶礼膜拜。

这里曾经一片荒芜，“过了日月山，两眼泪不干”的民谣正是其凄凉的生动写照。日月山唐时称赤岭，盖因土石皆赤，或赤地不毛之故，却一直是中原通向西南地区和西域等地的要冲。早在北魏明帝神龟元年（公元420年），僧人宋云自洛阳西行求经，便是取道日月山前往天竺的。由红岩垒垒的不毛之地而成为令人神驰心往的日月山，也许是缘于一个优美的传说。

相传当年文成公主远嫁吐蕃，曾驻于此，她在峰顶翘首西望，远离家乡的愁绪油然而生，回望不见千里之遥的繁华的长安城，两行清泪潸然而下，她不禁取出临行前唐皇所赐的日月宝镜观看，镜中顿时现出长安的迷人景致，这无异于在茫茫沙漠中陡现一片海市蜃楼。文成公主忧喜交加，想到肩负联姻通好的重任，乃毅然将宝镜抛下赤岭，宝镜变成了碧波荡漾的青海湖，而公主的泪水则汇成了滔滔的倒淌河。后人为了纪念这位伟大的藏汉文化交流使节，就把赤岭改名为日月山了。弃皇室之尊而域使迢遥的蛮荒之地，日月山，何尝不是一块高耸在蓝天白云之下，挺拔于“世界屋脊”之上的纪念碑。

和亲使者在历史上并不鲜见，但如文成公主那般成功地完成历史使命的，就屈指可数了。汉武帝时远嫁乌孙王的江都公主刘细君作有《悲秋歌》，道是“吾家嫁我兮天一方，远托异国兮乌孙王；穹庐为室兮毡为墙，以肉为食兮酪为浆；居常土思兮心内伤，愿为黄鹄兮归故乡。”其悲苦哀伤跃然纸上，那一种常人无从体味的心情和思念故土的忧愁，也许正是和亲公主们才会有的铭心刻骨的深深痛楚。而文成公主赤岭掷镜的毅然决然，使她将一切的留恋抛诸于血泪斑斑的日月山，使她义无反顾地踏上了漫漫的唐蕃古道，更使她的人生从此在浩瀚而厚重的史书里抒写出与日月山一般撼人魂魄的灿烂章节。文成公主入藏后，孜孜以弘传佛教，为藏民祈福消灾，同时带去了五谷种子，教人们种植，而今藏民极其钟爱和依赖的遍地青稞，即是由她带去的小麦种子不断变异而来的。在文成公主远嫁途中停留最长的白纳沟对面的山坡上，迄今依然可见她当年教人们开荒种地的田埂，她还带来了车舆、马、骡、骆驼以及有关生产技术和医学的著作。知书达理、贤淑多才的文成公主为吐蕃的文明进步作出了光夺日月的贡献。难怪藏胞们要为她的到来而载歌载舞，而欢腾雀跃，而敬仰膜拜。

在松赞干布为文成公主专门修筑的布达拉宫里，保存着大量内容丰富、描摹细致、栩栩如生的壁画，其中即有唐太宗五难吐蕃婚使噶尔禄东赞的故事，文成公主进藏一路遇到的艰难险阻，以及抵达拉萨时受到热烈欢迎的场面。公主的塑像更是在西域大大小小的寺院里供奉着，深受人们虔诚的怀念和爱戴。

日月山虽无险峻峭壁与峥嵘奇峰，却有雄伟的风姿和磅礴的气势，于峰顶极目远眺，东麓是富饶美丽的湟水流域，清澈的河水蜿蜒曲折，盘山绕岭，滋润着两岸肥沃的田野，养育着这里勤劳的人们；西北方便是波澜壮阔的青海湖；再稍稍调整一下视角，则山峦逶迤绵亘，帐篷点点，炊烟袅袅，一望无际的草原上风吹草低见牛羊。日月山悲怆的音韵在沧桑之中演绎成一曲高亢悠扬的牧歌。

而神秘的倒淌河便在牧歌里汩汩地向西流淌。这是一条女性的河，如温婉的低诉、娓娓的叙说，如日月山怀抱里西部的女子，回眸之间，让你读不尽的万千风情和温柔宽厚，却又是那样的无怨无悔，百折不回。

有娘真好

绵延好长一段时间的雨雪天气，让我的身体不经意间仿佛一下子变得羸弱起来，眼看年关一天天近了，再近了，而我的双脚却愈发觉得沉重起来，年底烦琐的事务总算收拾一清了，我在松了一口气的同时，突然觉得自己不能这样拖着如此疲惫的躯体回家。我怕面对母亲那双焦虑的目光。我知道，年过花甲的老母倘若看见儿子这般模样，肯定又要揪住心了。我试图在赶回母亲身边之前将身体调理好，但也许正应了那些“欲速不达”“事与愿违”的老话，连着打了三天点滴，我也不见轻松起来。小年眨眼间过完了，母亲已打过两次电话来催问何时回家。我只好在农历腊月二十七日下午，从几十里外的单位独自驾车踏上归家的路。

以往一个多小时的行程，我耗了双倍还要多的时间，在挨近天黑之际敲响了家门。母亲打开房门，目光里闪烁着温暖与慈爱。而看到了我气喘不平的样子，她一下子就明白了是怎么回事，禁不住一声长长的叹息，满含焦急，嘴里絮叨着：“让你多穿衣，要注意别感冒了，硬是不听呢，看见你这样子我心里面就愁死了。”面对母亲的念叨和紧锁的眉头，我无言以对。虽然四十岁的人了，但年龄再大的儿子，在母亲眼里恐怕也是没有长大的孩童。母亲清楚儿子的身体，一感冒就势必引发呼吸道的毛病，且总要拖泥带水得好一阵都不得清爽。是以老人家一遇天气变冷就会不厌其烦地叮嘱我这注意那注意的。父亲的一个老同事谭伯恰在我家闲坐，他打断母亲对我的念叨，微笑着对我说："伢子呀，八十岁也要有个娘就好。"谭伯接着说起了他的一件事情，他的老父亲去世时，他要陪父亲最后一夜，让兄弟姐妹们都去休息，独自一人守在父亲灵前，那是寒冷的冬夜，他傍着一堆篝火守护着老父亲在天之灵，在回想着与父亲朝夕相处的亲情里取暖。凌晨三点多，他年逾八旬的老母亲颤巍巍地来到他的身边，抚摸着他的头，用苍老而嘶哑的声音问道："你冷不冷啊？"那一刻，他的眼泪夺眶而出，像冲决的堤坝。两年之后，他老母亲辞世，还是他一个人默默地陪护至爱的人最后一夜，而再也没有那个佝偻的背影在眼前出现了，再也没有那关切的问候在耳边温暖地响起。八十岁也不能没有娘！谭伯的话让我不禁感慨万千。我寻思着，人世间娘亲对于儿女的爱，恐怕不可能用任何语词来修饰，哪怕可以穷尽一切形容词，在母爱这个伟大的名词面前，也会黯然失色。母爱，唯有我们用自己的心一点一点地去咀嚼，去体味，才能品咂出那份深蕴其中的温暖与幸福。母爱，永远是一个最圣洁、最纯粹的字节。

我对一位老作家写回忆母亲的文章的结尾至今记忆犹新，当母亲不在了，他写道："从此，我成了没娘的孩子。"记得读到这一句时，我的心底猛然一阵颤栗。嘎然而止的结束语，像訇然一声断裂的琴弦，母爱成为人生的绝唱。没娘的孩子，像飘荡的浮萍，将飘向何处；像断线的风筝，又漂浮在谁的守望里呢？

因为曾经生活的拮据和劳累，我的母亲体质孱弱，偶感风寒，极易复发气管炎和哮喘的老毛病，夜难成眠，但老人家总是表现出达观，将自己遭受的折磨深深地掩藏着，实则是不愿意将她的忧愁和痛苦在我面前流露出来。而当她看到我身体不好时，却又倍觉焦急，比她自己病了还焦躁不安。我对于母亲的唠叨不仅不以为然，有时候甚至有些反感。不理不答地任她念叨，听得厌了，干脆或避开一边去，或极不耐烦冲她嚷嚷一句，每每其时，母亲便立即打住，自顾自的长长地叹息一声。但母亲却不会计较我的这种态度。我相信每个母亲都是这样子的，在儿子的任性面前，母亲总是健忘。

我当然已非那不谙世事的懵懂顽童，在旁人眼里的为人之道，则有着知情明达的理智，但之于母亲，我生命中的至亲至爱者，我却又是那般率性而为不知半点情感掩饰。许是真如谭伯所言，有娘真好，在娘面前，儿子仿佛就是那个怎么也长不大的孩童，固执、任性、透明，甚至顽劣。

现在，我唯有躲闪着，不敢直视母亲那两道疼痛的目光。母亲来到我身边，抬起手来探探我的额头，试试我是否发烧。就是这个简单的动作，在母亲心里已经习惯了的动作，伴随着我一路的成长，让我如此熟悉。记得有时候，我会很不耐烦地挡开母亲伸向我的手，而且嘴里还嘟囔着："不烧呢，我自己还不晓得烧啊？"这时，母亲便会不言不语地缩回手去。而今回想起来，我肯定刺伤了母亲的心啊，只不过，我根本就不曾去捕捉母亲眼中一闪而过的失落，或者伤感。

母亲赶紧为我张罗起来，去厨房里熬制一杯祛寒的姜糖水。我眉宇间的焦躁仿佛慢慢退去的潮汐，现在我以一种使自己尽可能舒适的姿势靠在沙发上，安安静静地看着母亲忙碌着，觉得心里轻松了许多。

夜色在窗外浓浓地铺张开来，房间里的灯光柔和中弥漫着温暖。

陪母亲看病

姨说母亲早几天和她电话里讲，我太忙要姨陪她哪天去长沙看病，搭班车去。姨听了，口里没敢一口拒绝，心里面却在打鼓，她真的是没胆量陪母亲去省城，人生地不熟的，两个老人又都没怎么单独外出过，何况在电视里都看得出到省城看病可不像乡下走村串户那样容易，她哪敢大起胆子应承下来呢？

当姨告诉我这档子事时，我已经带母亲去长沙看病回来了。但乍一听，还是让我心里暗道一声幸矣，幸亏母亲自己去省城的想法没付诸现实，否则，我觉得自己真真要愧疚很多回。

母亲其实已病了近三个月了，先是感冒，在住所附近的诊所吃药打针，没见痊愈。母亲一直来体弱多病，小病小灾仿佛家常便饭，因而我也没放在心上，只不过偶尔问候三言两语的，尽管精神不好，母亲也不曾闲下来，料理家务事如常。不料这回感冒却拖得久了，让母亲意外的是，突然出现了耳鸣，听力也陡然下降，尤其痛苦的是，她彻夜彻夜地睡不着，耳朵里嘀哒嘀哒地响着，母亲肯定是无法忍受那一种夜以继日的折磨，她表现出了非同平常的烦躁。那个小诊所的医生不再信誓旦旦地承诺能治好母亲的病了，由感冒，而耳鸣，情况明显越发复杂化，显然已不是靠拖时间就能拖好的了，他当然不能算庸医之类，其自信心在时间的流逝里一点点失去，于是他委婉地劝母亲去正规医院看看。我便在一个周末约好了医师去本地最权威的医院做了该做的（或者包括不该做的）一系列检查，购买了一大堆口服的和喷搽的药物，期待能让老人家彻底地从痛苦中解脱出来。然而半个月过去了，非但不见好转，母亲说还加重了，母亲其时倒是向我念叨着只怕要到长沙看专家才好得了。省城的医学在每个病者的心里当然是令人信服和放得下心的。我听了，却不置可否，潜意识里自然是怕麻烦的念头在作祟。我仍然寄希望于在本地医院里能治好母亲的病。便带她去看中医，又是一大包中药抓回家，结果还是让母亲失望了。

其时母亲的脸亦有些浮肿了，耳鸣在加剧，精神日见萎靡不振。我心里面自然不是不清楚，母亲的病情已经不容再拖延下去了，而且只能去省城看看才可能找到病根，但我却似乎总在因一个又一个看似充分的理由向后推迟着，口头上虽然讲着要带她去省城看专家，但我甚至没有向母亲作出一个明确的日期规划，也许是为求得一个自己的心安吧，偏偏还有意无意地在母亲面前说今天有什么事，明天又有什么安排，母亲听了，一定认为儿子工作太忙，根本抽不出时间陪她去省城。她再也没在我面前流露要去长沙看病的意愿，但暗暗地自己其实已下了决心，这就是她打电话给姨的原因了。作出这样的决定，母亲定然是被病折腾得难以忍受下去了。她原本就是从不轻易将苦痛叫出声来的。

我真的忙到了陪母亲看病的一天半会的时间也挤不出来吗？说实在的，我现在的工作，虽然手边上总有一些琐碎事，然而绝不至于忙到那种分身乏术的地步，我自问究其实是对于母亲的病痛并没有真正放在心上。而想想每当自己哪怕是得了小小的伤风感冒，一个喷嚏，一声咳嗽，都会牵扯着母亲的心，她都要左一句右一声地叮嘱“赶快看看医生啊”“吃点药吧”“加件衣呀”，还经常亲自动手为我熬制祛寒止咳之类的姜糖水、雪梨汤，且眼看着我趁热喝下去，她才放心。尽管我已年过不惑，但在母亲眼里，儿子的事情她都得惦记着，操着心，儿子再小的事也是火急火燎的，耽搁不得半点。回想那一幕幕母亲围绕我转悠的温暖，我不禁心头涌起一阵紧似一阵的颤栗，为自己的举止伤害到那无私的母爱而颤栗。虽说我知道母亲并不会因此认为这是儿子对她的伤害，她肯定认为儿子忙的是正事，是比看病更要紧的、更不能耽误的事。但现在我就是这样觉得，我无意之下使自己亵渎了伟大的母爱啊！

母爱是从来不需要儿女们等待的，它时时刻刻将我们包围，在我们的身边弥漫。而我们呢？对于母亲的爱更不能等待，如此，我们才会少一些遗憾多一份宽慰……

匍匐的姿态

一座险峻雄奇的山峰会让人惊叹不已，一棵伟岸参天的古木会让人感慨系之，一行一掠惊天的飞鸿、一串荒漠中的驼铃，也许就会在你心灵平静的水域上漾起微澜，这些大地与苍穹之间或挺拔的身姿，或优美的翔影，又或清越的声音，总是那么轻易地就叩响我们的心扉，让我们情不自禁地为自然的鬼斧神工称奇，为生命的兀立与顽强击节而叹。

我却常常静静地关注着另外一种生命的姿态——那是一种以匍匐的姿势在这个世界上生存的生命。

我悄悄地、默默地关注着那些匍伏的生命，就像她们悄无声息地在所有的视野之外生长着。人们听不到她们的欢声与吟唱，看不到她们修长挺立的身影，自然也忽视着她们一点点生长的轨迹。

她们当然是卑微的事物，属于人们不屑一顾或者说嗤之以鼻的事物。所以，我只能以仿佛是刻意地带有掩饰成分的方式，独自去悄然地注视着眼底的那些匍匐的生命。我暗自惴惴且纠结人们对于我的举止投以嘲弄的目光。事物的诞生与生长存在距离，人与人之间呢？那种距离的感觉往往让我觉得更为强烈与明显，我诚然不是想成为世人眼中的另类，但不知自何时始，我却因为说不清道不明的原因，对于脚边的那些小生灵莫名其妙地竟然有了一份放不下的牵念。

少不更事的时候，我常会撅着屁股，趴在地上看小蚂蚁们忙忙碌碌的样子，心里面充满了疑惑，那些小家伙为什么总是不歇气地爬行呢?似乎从早到晚就没见它们停止过脚步。有趣的是看它们拖食物的那个热闹场面：一只小蚂蚁在不停的执着寻觅中终于发现了“天赐的美味佳肴”——一只死去的蚱蜢！可是它那么弱小，又怎能拖动这“庞然大物”呢？于是它赶紧丢下蚱蜢，兴奋地，急急忙忙赶回蚁穴，去向蚁后报告。旋即，在这只工蚁的带领下，一群工蚁排着长长的队伍，浩浩荡荡地来到了蚱蜢旁。我曾试图数清到底有多少只蚂蚁，但每次都是徒劳无果，不得不放弃。只见它们水泄不通地团团围住蚱蜢，用嘴的用嘴，用脚的用脚，场面看起来那么壮观，却又是那么井然有序，那么默契，仿佛整整一个大兵团在打一场势在必得的歼灭战，每一只工蚁都在竭尽全力，一起用力，这个“庞然大物”就这样被一群小蚂蚁轻而易举地推动了，大家齐心协力拖拖拽拽地把食物运回了蚁巢。这只是蚂蚁找食物的一个片段。相同的场景每天不知道发生多少遍，它们总能把比它们大无数倍的食物运回家。上学后，我在课堂上听到老师讲“齐心协力”和“团结一心”这样的词语时，小蚂蚁们搬运蚱蜢的一幕就立马浮现在我的眼前。

我当然是喜欢趴在屋前的那棵老槐树底下看小蚂蚁们忙出忙进的样子。我不知道槐树确切的年龄。而从它要两个大人张开双臂才勉强合抱得住的树干以及它皲裂的老树皮上，我暗自揣测着，这棵槐树肯定比我爷爷老，只怕比爷爷的爷爷还要老许多吧。我看不到它扎入地底下的根到底有多深，它裸露于地表上的树根粗壮而苍老，那些小孩子的胳膊一样大小的根因为我和我的小伙伴们经常的抚摸和踩踏而变得异常光滑，紫褐紫褐的树根和土地的颜色差不多，根与根绞绕在一起，我伸出手来，学着老中医把脉的样式，朝根上一摸，就好像可以摸到树根的血液在流动，而且我觉得，那种流动是富有冲击力的脉搏，像奔涌的潮流一般，如果没有旺盛的生命力，那棵古老的槐树又怎么得以屹立到如今，依然郁郁葱葱，像一部不老的传奇。

赤日炎炎的正午，我枕着树根仰望着遒劲的枝、茂密的叶和灰褐色的树干。炎热的夏天，无论太阳多毒，经过槐树叶密密匝匝的过滤以后，就带上几分凉意和温柔。树影婆娑里，我枕着树根不知不觉地进入梦乡，常常被一只爬进耳朵里的小蚂蚁痒痒地挠醒。古老的树根让我枕着一份踏实，乡下的老人喜欢给自家的孩子以根字命名，如根宝、深根、根福之类俯拾皆是，叫起来四野里呼应，自然寄寓着树大根深之意。匍匐于地底的树根，孕育的却是一片蓬勃的生机，一道美丽的风景，一曲曲高昂激荡的生命之歌。

匍匐的事物从不拒绝蓬勃生长。匍匐，显然不是静止的一种状态，这个词语里面分明积蓄着一种力量。一种向前、向上，甚至向生命的每一个角落、每一寸空间无限地、不屈不挠地蔓延和蜿蜒前行的一种力量。我听得到那仿佛是一脉血液强劲地律动的声音。

丰富多彩的生命，向我们展示其绰约风姿的形式有何其多矣，而匍匐的姿态却是不应该为人们的目光所淡漠的。当一棵草根在地下呼吸，当一根竹笋拱破地皮，当一眼泉流挣脱乱石的围困，等等，一切，一切，我捕捉着从泥土深处的芬芳里散发出来的那些细微然而鲜活的气息，我想说，匍匐的姿态不就是一种正在触及关于生命与生长的核心与本质的阐释吗？被笼罩和包裹的灵魂，深藏不露的灵魂，它们生命的张力其实闪耀着逼人的光芒。

站在时间的脊背上，我看见独轮车在远方的山坡上缓缓行走，苍老，遥远，却又近在眼前，车轱辘咿呀咿呀的吟唱声，辗黄了日子，又辗青了岁月，碾过了你，也碾过了我，一个老人的腰弯成了一张弓，皇天后土间，那个匍匐的身影骤然被一声腾腾而起的鸟鸣扯碎，于是我听到了风声涨满于旷野，在我心灵的田地里，是什么在纷纷扬扬地摇曳？

朴素的幸福

一位妻子说，一家子在一起吃顿饭，和孩子说说话，和丈夫在一起睡觉，就觉得生活很幸福。这位天安门国旗班卫士妻子的一席话，平淡如水，也许让人觉得不可理解，甚或令闻者报以不置可否的一笑，却娓娓地道出了她朴素的幸福观。是的，一种实实在在的没有涂脂抹粉的朴素，一种仿佛用生活的三昧真火煅造出来的幸福，在一位平凡的不能再平凡的妻子的眼里，就成了其人生最大的享受，所以，她没有理由不为自己感到由衷的幸福。笔者曾有幸参加过一次散文创作笔会，记得期间一位满头银丝的老作家向我们这些年轻人形象地讲述他的幸福生活：夜深人静时，喝着老伴煲好的汤，写过一些文字，然后上床睡觉，但——一定要握住老伴的手，方能踏实地沉入梦乡。

这是两种何其相似的幸福感受与体验!

幸福，是每个人的向往，而人们的幸福观不一而足，无统一标准。有的人以奉献为幸福，爱因斯坦说，对一个人来说，所期望的不是别的，而仅仅是他能全力以赴和献身于一种美好的事业；有的人以奋斗为幸福，奥斯特洛夫斯基说，幸福，就在于创造新的生活；当然，也有的人以金钱和享受的贪求为幸福，宝马香车，美女红楼……幸福显然不是唾手可得的，“天上不会掉馅饼”，要获得幸福必须付出代价，或以痛苦作代价，或以青春作代价，或以人格作代价，或以生命作代价……于是，在幸福一词里演绎了太多的喜怒哀乐，笑者有之，泣者有之，歌者有之，悲者有之，流芳百世者亦有之，遗臭千年者更有之。

也许，在更多常人的心目中，幸福意味着富足与拥有，以此标准，贫嘴张大民式的凡人的幸福生活恐怕就有点海市蜃楼般虚幻了。无职无权无地位，无财无势无靠山，从何而来的富有呢？在今天，人们似乎已不习惯于哇哇空谈与阿Q式的精神自慰，那一套已远远不及存折、住房来得实惠。幸福好像已经单一性、物质化了。所以对于前文中两位主人公的体会，倘若不细细去咀嚼其中的滋味，不细细去体味其中的底蕴的话，说不准，有人还真要跳出来笑其“傻帽”了。

但他们却的的确确地生活在幸福中，更确切一点说，他们其实是生活在一种幸福的心理境况里。

芸芸众生，普通如我辈者，人人都有追求幸福的权利，同时都有享受幸福的权利。或许你的一生与名利奢华无缘，但并不意味着你就没有幸福，幸福不是毛毛雨，幸福要靠我们去切身地体验。做个快乐的人，将幸福不断，常笑者幸福而常泣者不幸，热爱生活吧，生活会以琐屑的细节教会你如何去享受真正的幸福。幸福是来自灵魂深处的一种香味，是一颗歌唱的心的和声，诚哉斯言。

朴素的幸福，我们又何必拒绝。在朴素的幸福的包围里，尽管平凡简单，却快乐无比。因为，心情与生活像阳光一样真实，灿烂。

生命旅者

城市里面似乎都在忙着为日益稠密的车流疏浚道路，为不降反升的房价“指点地盘”，而可供人闲逛之所好像越来越珍贵且日渐难觅。当散步渐渐成为现代都市人乐此不疲的生活构成，身边便有人不无感慨地说，要找个散步的地方，都得见缝插针了。难怪有人的鼻子伸得老长，这一处新辟的休闲公园尚未完全竣工时，先是有三三两两的人捷足先登，既而，络绎不绝的人流竟成为一道蔚为壮观的流动的风景。

当我游弋其间，我觉得自己已然不能体味到那份“今日得宽余”“闲庭信步”的悠闲了。我只是如被一股潮流裹挟着推搡着往前游的一尾鱼。人们大都行色匆匆，像正在赶赴某一个目的地的旅程上。当然这里没有仆仆风尘，有的是平坦洁净的曲径，路旁的林木一路的蓊郁蓊郁着，青青的草地看起来能让再硬的心都会柔软起来，设计图纸上的忍冬整齐划一地蜿蜒成绿色的篱笆，某个拐角处突然就有一丛丛一簇簇开得恣意的花朵朝你妩媚地微笑着。原本没有谁来阻止我在亦步亦趋中观赏这一切，只不过身边不见消停的忙乱的脚步声却不是温柔的手指，可以抚平我心中的浮躁和眉宇间的潮汐。此刻我感觉自己俨然就是一个旅者，在疲于奔波之中却不知终点在哪里。

仿佛跌跌撞撞地拥挤于人流之中，我想着，是的，现在我、我们，都是一个个旅者了，也许知道下一个停泊的驿站，也许什么都无从知晓，无从谈起。只不过人们的脚步片刻也不曾或者不愿停顿。

一方青色的石头兀然凸立在我眼底，我不由得打量起来，那方石头有五尺多高，粗粗一看，其形若张开的一双巨翼，状极如从天而降的鹏鸟，赫赫然就栖落于此，只是双翅尚未来得及收拢，让我能想见它的长途跋涉与疲惫。不远处站着一棵粗壮的大树，确切地说，那还算不上一棵完整无缺的树吧，光秃秃的徒有树干，且不说没有披上满身的苍翠的叶，连枝枝杈杈的都被斫得所剩无几，像一个被删掉了所有修饰语和定语的干巴巴的单词，树干三分之二的部位被粗糙的稻草绳严严实实地缠绕包裹着，里面可是看不见的累累伤痕？但不管创伤多深多重，至少还在传递出它生命的讯息。我不知道这石头和树是从哪座遥远的深山老林迁徙而至，可以肯定的是它们背井离乡来到了这座陌生的城市。这又是另外的旅者了。我的脑海里一闪而过这样的念头。

每一个生命都不可拒绝地成为旅者。譬如现在看似漫无边际地散步的人们，以及从他乡迁移而来的一花一草，一木一石，哪个不是行走在他（它）们生命的轨迹上呢？虽说是从一个空间到另一个空间的漂泊或栖居，但显然不是一个简单的出走的过程，在随意的漫步中释放心情，在流动的风景里获得平静，哪怕是在空间的移置上让人们得以短暂地忘却，忘却矛盾、倾轧、琐碎、是非、枯燥、名利……但请不要质疑旅者的行为，寄居皇天后土间方寸之地，我们都是生命的旅者。看似长路漫漫的生命旅途，然而，也许就是一个默然的转身，再回首时已是沧海桑田……真正的生命旅者注定总是在路上，在路上歌唱生命的歌，直到回到原来的那个点上。

夜色更深，什么时候路灯已启亮，一抹柔和的乳白乳白的灯光，淡淡地洒在黑青青的石头和光秃秃的大树身上，洒在弯弯曲曲的小路上。我看见自己的身影不断地被更多的影子覆盖，又顽强地打印在光影斑驳里。

生长的岸

我在宽阔平坦的堤岸上漫步，混凝土构筑的坚硬的路面，在皮鞋的叩击下发出踢踏踢踏的声响，我的随意使这种声音具有了散漫的节奏，几乎可以使我淡漠掉脚下这长长的坚不可摧的防洪大堤坝存在的意义。这是一个深秋的日子，阳光暖暖地，在堤坝内外四下里流淌，金色的足迹爬满了江堤，偶尔有薄薄的风从阳光里吹过来，在脸上温暖地拂过，远处的江面上泛着粼粼的波光，此时此际，我想你是不会将那些特定的词语与这个季节联系起来的，古人诗曰“万叶千声皆是恨”在这里是体味不到的。

江水在离长堤的更远处静静地流淌，水落为洲，堤坝内已袒露出黑沃沃的土地。正是枯水季节。秋水消瘦，岸却长出来了，长成高高地矗立着的一道风景线。我站在堤上朝前、朝后瞩望，看到这一道风景线在向两头、向远处无限地延伸着，直至消失在视野里，成为我瞳仁里面的一个点。而我可是另外一个点吗？我想，站在这一个点上，你便知道了前行的指向，每一个点都是新的起点。

而随着岸一起生长的还有堤坝内的洲滩上那大片大片的杨树林。其实，我现在感觉有些恍惚了，我不知道，究竟是岸在生长，还是树木在生长，抑或是那一大片在原本是肃萧的季节里挺拔着的杨树林，使我生出了如此的幻象吧。

堤坝外面的山野地也生长着杨树林。我遥遥地眺望，或者回望着，看到蜿蜒的长堤仿佛被杨树林的无数只手牵扯着一路逶迤而去。如果说是在众物勃发的春天，而不是眼下这般无边落木萧萧下的秋季，肯定是另外一番景象了，那样，长堤则是浮起于一浪一浪绿色的波涛之上吧。我仔细观察了一会儿，发现堤外的杨树长得要比堤内的笔直秀挺，却普遍没有堤内的那么粗壮。我有些疑惑地询问陪同身旁的朋友蒋总。堤内这一长溜一大片的杨树林正是朋友所在的福森公司种植和经营的。他微笑着向我道出了原委，原来这里的杨树属于欧美杨种类，有着特殊的生长特性，它的生命力比本土任何树种都强，而且生长速度很快，5 到 6 年即可成材。简言之，可用“大肥，大水，大晒”来概括，所谓大肥，即肥沃的土地最适宜它；所谓大水，就是说，哪怕树木遭受到洪水的灭顶之灾，只要树梢被淹不超过 7 天，欧美杨亦能安全度汛，且能借水淹之力，消除虫害；至于大晒者，则是指它不怕干旱，抗旱能力强。江边的洲滩上土壤肥沃，特有的自然条件，好像天然地就是这种树木安身立命与成材之所。蒋总的解释，让我明白了杨树生长在看似生存环境更恶劣、更凶险的堤内，要比风平浪静、犹如避风港的堤外长得更茁壮的原因。树木尚且如此，人呢？

古人说得好，“天将降大任于斯人也，必先苦其心志，劳其筋骨，饿其体肤，空乏其身，行拂乱其所为。所以动心忍性，增益其所不能。”这段警句其实就清楚地阐明了环境与成材的辩证意义。我想恐怕一切有生命的事物都有某些共性之处，人犹树也，有道是草木无情，看来也有失之偏颇的地方。杨树在滔滔江水边挺立着，成为护岸的列兵，成为堤坝的屏障，也为造纸行业源源不断地提供材料。我对朋友笑道，植树造林，福祉啊，以福森命名为公司，倒真不乏福从森林中来的创意。

我干脆移步堤内，沿斜斜的护坡缓缓而下，踩在厚厚的草地上，柔软而富于弹性，秋风秋雨荡过的坡地，野草已然呈现出衰败枯黄之态。水牛是江南水乡的字典中不可或缺的一个名词，长长的坡上偶见三三两两的水牛或悠闲地啃着草儿，或躺在草地里休憩，不安分的小牛犊则围着牛妈妈前后左右地撒欢，秋收过后的农闲时节，牛们也自然该享受享受这秋日里难得的阳光。走近了杨树林，我看到了每棵树上高高的树干上皆有那些水淹的印迹，斑斑水锈痕印，不知表示了杨树在它们的生长历程里有过多少次那样近乎灭顶的水灾，这些痕迹肯定比树的年轮都会多上若干圈呢。毕竟洪水无情，来去涨落全凭上苍意愿。树栽植得倒是中规中矩，树与树之间有着几近一致的行间距，却在汹涌的浪潮冲击之下少见有几棵长得笔直的树木，东倒西歪者并不鲜见，但它们的枝丫仿佛永远保持着向上的姿势，树叶飘零一地，经过季节的沤烂，终将成为黑土地的一分子，而与一天天长粗长高的杨树相伴终生。偶见横倒于地的树木，它们被洪水或者狂风拔根而起，生命的终结却是缘于它们自身的羸弱，狂飙断然不会同情也不会轻易地放过弱者。在这片时刻充满着残酷险情的区域，没有谁是谁的呵护者，除非自己，坚固的堤坝在狂风与巨浪的后面，它的存在与堤内洲滩上每一棵树木无关，而所有的树木都面临着同样的考验，每一棵树木都毫无退缩半步的余地，那么，唯有挺身而出，唯有把根扎实、扎深，再扎实、扎深，才是杨树们唯一的选择。

这显然是一片尚未成熟的林子，它们略显稚嫩的躯干要抵挡的风浪却不会因此而削弱，而这同样是一片生气萌动的林子，我仰望着那些朝天空伸展的树枝，好像看到了无数去争相拥抱太阳的张开的手臂，我的目光透过重重叵叵的树枝，看见绵延的岸正浮起于树梢之上，一排排沐浴在温暖如水的阳光里的树木，在我眼里长成又一层意义上的挺立的岸。

蓦地一群水鸟从林子深处腾腾而起，掠过林梢，把它们越飞越高的翅影打在岸上，打在天空上。

像鱼一样散步

我相信，像鱼一样散步才是散步的最高境界。我同时认为，那样的境界恐怕是没有谁能轻而易举地企及，除非鱼。鱼的散步与游走不是一回事，游走是鱼行进的方式。你的眼里或许只有在水中行走的鱼，因为你也许压根就没有想到鱼也会散步。确切地说，鱼也需要散步，和人一样，散步也是他们的一种生活状态。依此推理，我甚至似乎可以做出这样一个大胆的结论，散步是一切生命在某种意义上生存状态的表现。只是表现形式各异而已。

春暖花开时节，散步的人多了起来。散步对人的诸多好处，自不必多言，所以人们乐此不疲。傍晚时分，人们鱼贯着汇集到了他们认为适宜散步的地方或路段，不约而同，加入这个队伍的人不断增多，以至于汇聚成一股蔚为壮观的人流。我也曾是这其中的一员。沿河风光带自然是蜗居小城的人们最为青睐的散步场所。由南而北，或由北而南，两股人流相互流动，这是堤坝上流淌的另外的河流。我踱着步，看着迎面而来又擦肩而过的人们，看着从后面不断超过我们走到前面的背影，心里不禁有些发笑，这应该算不得散步了，称暴走或者说疾行也不为过。可见人们之于散步的功利性目的更明显。自然，奔着健康的主题而来是无可厚非的。但在我的潜意识里，散步当是闲适与舒缓的。眼前的这帮人，一个个步履匆匆，不少还边走边做着动作，有甩手摇头的，有揉肚捶腰的，甚至还有倒着走的，模样甚是滑稽。难免碰见熟人，打个招呼也显得吝啬了，或点头一笑或一晃而过，生怕耽搁了时间一般。我颇有些不太习惯这种近乎于摩肩接踵、熙熙攘攘的散步潮流，我诚然是更憧憬着朱自清先生笔下那种在月光下踱步，什么也可以想，什么也可以不想的体味。在我的眼里，这些急促赶路的人们，像一群觅食的鱼，饿了的鱼才会那样吧。不过这些现代人并非饥饿使然，而是对于身体健康的迫切渴望，至于精神上、心理上的释放与张弛，恐怕就来不及顾及了。

而我仍固执地觉得要坚持和体验真正意义上的散步，这种偏执即让我成了一尾离群的游鱼。

一个春日的黄昏，小雨刚打住。我漫无目的地不觉来到了郊外。郊外有山，雨洗过的山更青了，雨洗过的鸟鸣更脆了，晚归的鸟扑腾着没入那一片深邃的青色里。山脚边有溪流，我正沿着一脉小溪散步。溪自山间来，曲折而至，水流不大，也不急，却清冽。人云，水至清则无鱼，我现在却偏偏看到了鱼。两条小鱼，两指大小呈青色的鱼，它们在溪中散步，我想是这样的。它们不急不缓，或东瞅瞅西看看，或干脆停下来，好像在交谈几句什么，或一前一后，又或并肩而行。绕着山脚的溪流平缓地流淌，若如歌的行板。我不知道鱼儿自哪里来，但我知道它们不会再到那里去，水里即是它们的家乡，不像我，走着走着，总得走回家去，哪怕脚步绕得再远，也得走回那个像挂在城市森林里的鸟巢一般的家。

现在，鱼顺着溪流的方向散步，我跟着鱼在散步，我像行走在岸上的鱼，呼吸着清新的空气。我和溪中的鱼既互不相干，又在做着同样的事。我们若即若离，不紧不慢，沿着溪流走着。我甚至不必在意鱼儿会落到我后面或跑到我前面，这让我很奇怪，因为自己并未刻意地要调整步伐来保持和鱼儿几近平行的距离，快不过两步，慢不过三拍，我们之间仿佛有了一份天然的默契。也许是基于对散步的一致理解吧，我觉得这是最可能的解释了。鱼能有这样的思想吗？我相信凡生命便都会有思想的。而人的思想更复杂，更复杂的人就把散步也弄得复杂起来了。鱼的思想肯定单纯得多，单纯到如一眼见底的清澈的泉流。鱼说散步就是散步，自由地呼吸，自在地游泳，一甩尾，一划鳍，逡巡也罢，游荡也罢，与散步这个主题之外的事情没有任何关系。这两个小小的活泼的生灵，用它们纯粹的举动告诉我，它们只是在散步的鱼，别的什么都与之无关。当我停住脚步正想细细观察时，它们却早已察觉我的用意一样，一齐加快速度游得远远的了。我感觉它们在远处的一丛水草后面嘲笑我的徒劳，甚至发泄着对我的不满。我分明听到一条鱼说，那条岸上的鱼不懂得散步。语气里明显带着不屑。我不禁有些赧然。散步的鱼咕噜着气泡，卷起一路涟漪，仿佛两骑绝尘而去的马，留下我孑然在驿道边，兴味索然。怅然若失之中我唯有怏怏而归去。

曾经自忖于对散步有独特的理解，其实我并未深谙其中的底蕴。在散步的鱼的眼里，我到底没能从纷纭尘嚣中走出来。细细一寻思，很多时候，我们似乎总在把简单的事情复杂化，以至于使自己不仅未能真正体会到快乐，反而在手指间不知有多少快乐正悄无声息地遗落。

一条河流的片断

面对一条河流，你脖子伸得再长也看不到河流的源头，踮起脚尖，想瞧瞧河流最后流向何处，亦是徒劳。河流自南向北流动，从迢遥的山麓蜿蜒而来，又七弯八拐地逶迤而去。对于眼前的这条河流我当然有过粗略的了解，知道它的发源地，晓得它最终流归之所，但我更清楚，要完整地、明明白白地阅读一条河流，其实是困难重重的一件事情，不，那简直可以说不亚于一项浩大繁杂的工程。想想吧，且不要说去探究一条古老的河流的诞生，是怎样一个充满神奇的过程，你只需要试着去揣测一下河水流经的每一处地方，哪怕是一座山谷，一片滩涂，或者一个村落中……哪一处不在流淌着神秘与传奇呢？河水漫过，每一处湿润的印迹里，也许就埋藏着一串一串我们永远难以破解的密码。

所以，我接下来的阅读，只能从截取一条河流的一个片断开始。

这是一个冬日里静谧的下午。稀疏的阳光从云层里渗漏下来，尽管有些苍白，然而毕竟给已呈萧条之态的大地薄薄地涂抹上了一层柔和的暖色调。其时，我正沿着河的西岸漫无目的地走着。西岸新修葺成一段沿河风光带，整齐划一地栽植着各色苗木，大都挺着光秃秃的枝丫，看得出刀劈斧斫的痕迹，显见得就是“落户”不久的“移民”。我的脚步在平坦光滑的柏油路上一定敲打出了散漫随意的节奏吧。我自己倒是不曾去留意鞋底与地面相触而摩擦出来的那种“沙沙”的声响。从一开始我就没有抱着刻意要来河边寻找什么、发现什么或者欣赏什么的心态。是以，当我突然停下轻松滑动的足楫来，把目光投向河流的东岸时，我其实也只是没有任何理由的、毫不经意间的一瞥。

没承想，就这样，我发觉自己已站在了河流的一个片断上。或者说是一个节点上更准确些吧。

我的目光舒缓而平行地渡过河去。河面宽阔，一览无余。东岸上杂草丛生，荆棘茂密，那只怕都是些入不了人们“法眼”的野生植物，却呈现出旺盛的生命力，在冬季里依然一簇簇地蓊郁。记得曾经的西岸上也是这般模样。

东岸上并排而立着两座房子，面水而建。首先抢入我眼底的是一栋楼房，三层高，雪白的墙，鹤立鸡群般矗起于杂树荆棘之上。旁边却是一座土砖平房，低矮破落，黑瓦屋顶，掩蔽于乱蓬蓬的草丛之中，这在当下的乡间亦绝对是少见的老房子。破败的房子里也许早已不再居住人家了，从它遗立落寞的形状看，应该也已失去了居家之宜，我不知道它何以仍然以如此一种面貌孑然存在于世间，立此存照吗？那么就是一帧记忆的底片了，将珍藏在谁的回忆里。我想它终将被夷为平地，不复出现在人们的视线里，取而代之的肯定会是又一栋崭新的楼宇，比毗邻的那一栋更高、更漂亮、更气派。这只是迟早的事。毋庸置疑。

河流在这个季节里明显消瘦了许多，没了那种浩浩荡荡奔涌的磅礴气势，有的地方甚至袒露了河床和乱七八糟地横陈的卵石，但河流表面上的平静，蒙骗不了我的眼睛，我似乎听见风平浪静的下面，河水正滔滔潜行，由南而北，这是它不息的生命的指向。一条河流的生命的意义总是在不停地奔流之中喧哗、阐述。

岸上的一切倒映在河面上，冬日里难得的稀薄的阳光投射在水中，将东岸上那些物像映照得如同一幅凝滞的油画，河里、岸上、楼房、黑瓦、树影、草丛，此时此刻在我眼里幻化成一幅浑然一体的画。一只野鸭子悠闲地游过去，生生地划破了那画面的完整，而随着它远去的身影，水中的画图又慢慢地愈合起来，且看上去天衣无缝。哦，想来恐怕谁也不能将这一片水域的宁静和完美撕裂开来。

我抬头瞭望对岸的更远方。远处只是一抹黑黝黝的山影。荆棘遍布的堤岸挡住了我的视线，但我知道，在岸的后面，在楼房的后面，其实是一大片田野，宏阔，空旷，一马平川。这一切，包括原野上放牧的牛羊，包括阡陌纵横间散落的民居，包括一声悠长的吆喝，一曲粗犷的歌谣，等等，你根本就不必去臆想，从河水里倒映出来的那些物像，就足以能够读得出来了。一部河流史，何尝不是一部承载着生命的传奇呢？什么是生命的血脉，什么叫生生不息，又是什么滋润了大地上的盎然生机？一条河流的片断，远不止摊开在你眼前的画面那么简单！

微风漾起粼粼的波光，晃荡着我的眼，又似无数双明亮的眼睛在眨巴着，它们是在摄取记忆的长河里那翻腾的浪花，还是在注视伫立于河岸上的那个陷入沉思的身影呢？

第二辑　草木清香

菜畲

老家人习惯把菜园叫菜畲。菜畲一般都在屋后，叫作背后畲里。房屋前大都是水田，春耕夏种，两季水稻，自然在乡人的心中有着不同一般的地位，乡人们也许就是那么样想的，一敞开大门看见田里的收成就在眼皮子底下，那心里要有多踏实就有多踏实。记得爷爷那时候就常常蹲在房子前的水田边，一蹲老半天，捏着那把锃亮的水烟壶，也不知他究竟在琢磨什么，也许他什么也没琢磨，就因为蹲在稻子旁能图个心里平静吧。爷爷到了八秩高龄，每天一大早起床后依然如故地都要去田埂上溜达一圈。

至于瓜果菜蔬只好为稻子让位，屈尊于屋后了。屋后往往是坡地，除草翻耕后即成菜畲。我识字后在书上看到的都是菜园两个字，想不明白为啥人们把菜园要叫成菜畲，那个畲字，在我看来不仅生僻，而且不易理解，懂事后细查字典，才搞清楚“畲”是什么意思。唐代大诗人刘禹锡在《竹枝词》里写道：“银钏金钗来负水，长刀短笠去烧畲。”这两句写的是山村居民热气腾腾的劳动生活。戴着饰物的青年妇女们下山担水，准备做饭；挎着长刀、戴着短笠的男人们根据传统的办法前去放火烧荒，准备播种。这里的“畬”，指的就是火耕地。而《尔雅·释地》里则说“一岁曰甾，二岁曰新田，三岁曰畬。”偏偏《礼记·坊记》又有新的说法，道是“田一岁曰菑，二岁曰畬，三岁曰新。”《诗诂》为此佐证：“一岁为菑，始反草也。二岁为畬，渐和柔也。三岁为新田，谓已成田而尚新也。四岁则曰田。若二岁曰新田，三岁则为田矣，何名为畬。”其意很明显“当从郑注”。想想我们的先人们真有意思，为着“畬”那一亩三分地，恐怕早已争辩得个个面红耳赤了吧。

以我对菜畬的了解，我觉得将“畬”定义为火耕地还真是恰如其分的。我清楚地记得我家屋后那个菜畬是如何在父亲和母亲一手的侍弄下产生的。

屋后本是一片长满野草的黄土坡，我们那儿人多地少，分到每家的土地人均只不过七分多田地。母亲转悠来转悠去，相中了屋后一块荒地，于是乎父亲便在地里烧起了一把野火，将杂草烧成了黑灰，然后甩开膀子挥舞铁耙头把荒地翻了个遍，母亲则蹲在地里细心地把挖出来的草根捡掉，真个是斩草除根了，得防止根留在地里，“春风吹又生”。野草的生命力的确不是一般的强。菜畬不是那么容易弄得好的，还要把硬邦邦的土块细细敲碎，精耕细作应该就是那种做法。因地太硬，父亲的手上甚至被铁耙把磨起了血泡。一块贫瘠的荒地总算被整饬成了大小不一的三块菜地。接下来得想法子给菜地施肥，要让它肥沃起来，才能长庄稼，地不肥，那栽下去的作物一株株都会成为长不高的“矮子”，长不胖的“瘦子”。其时，肥料可是稀罕物，猪圈里、牛栏里的牲畜们的排泄物，自然是顶呱呱的有机肥，但得优先保障稻田，根本轮不到菜地享用。父亲有办法，那就是烧火土灰。

父亲掮着锄头上山了。锄，这种在农人手中挥洒自如的工具，因农活的不同而被打造成大小不一的形状。其时父亲肩头的这把锄，叫板锄，比一般的锄头要宽了一倍，是专用于削草皮的。

削草皮，说起来有削水果的轻松，可绝不是削苹果皮。宽大的一把铁锄在手，舞将起来时却要如水果刀一样灵巧，锋利的锄刃斜斜地切入地皮——薄薄的一层泥土和附着生长于其上的野草，被飞快地连根削了起来。儿时的我不懂“削”的叫法里蕴含了怎样的内涵，而今这一个“削”字，让我玩味之间顿觉耕耘劳作里那份艰辛，竟被一个“削”字演绎成一种粗犷快意的轻松，一种挥汗如雨的智慧，甚或就是一种对背负苍天面朝黄土的朴素的调侃。

父亲把草皮一块块地削起来，飞扬的尘屑落满了母亲为他一针一线地缝制的布鞋。削起来的草皮翻卷在他的脚后跟，以舒展的姿势仰面而躺，十天半月后，它们将在阳光和山风里完全枯透，如风干的果皮，然后再被父亲一块块地堆积起来，垒成三两个土堆。当然，在此之前，父亲会再从山坡上弄来些枯木树枝，预先埋放在草皮底下，并留下一个口子，当草皮堆码好后，父亲以一根火柴点燃枯枝，霎时，黑红黑红的火舌旋即向草皮堆里舔进去。父亲直起腰来，眯缝着眼睛抽起了旱烟，看着一缕缕青烟慢慢地从草皮堆里四下飘散出来，他便开始把点火处的口子复用草皮封盖住，为的是不能让里面的火势太旺，以防柴料燃烧太快而草皮不能熟透。至此，主要的程序可以告一段落了。

这一过程，即叫作烧火土灰。说是烧，其实更像腌制，只不过是借助火这种特殊的元素来完成。除了从土堆缝隙里飘散而出的轻烟外，你根本就看不到火苗的影子，火是在土堆里慢慢发酵，直至把草皮煨得熟透了，土块的颜色里里外外变得黑红黑红的，熟透了的土堆不再往外冒烟了，再任其自然冷却，这时火土灰才能说是烧成了。此际，一堆堆的火土灰在冬季的山坡上挺立着，构成了一片黑褐色的风景。在我的感觉中，远看却如坟堆，似在宣告一个季节即将结束，而另一个季节即将开始。

火土灰是上好的肥料，是原本贫瘠的山坡赐给她的子民们一份最大的福祉。父亲像播撒种子一样，把火土灰撒入菜地里面，去肥沃一季又一季的梦想。

菜畲里种下庄稼，收割庄稼。这好像是一个唱戏的台子，黄瓜、南瓜、豆角、辣椒、萝卜、白菜……轮番上台唱主角，那些长的、圆的、扁的形状，那些红的、绿的、紫的颜色，将那个难懂的“畲”字演绎得通俗易懂，色香味俱全，一季又一季，一茬又一茬后，黄土的颜色悄悄地变成了深褐色，母亲抹了一把额头上的汗，欣慰地说，一块生土终于作熟了。土，熟了，意味着肥沃了，意味着有收成了，我想，肯定还包含了一份耕作者对土地的亲切的感情。

菜畲里便仿佛总是绽放着缤纷的、生动的、丰满的四季。

草菌子

接连下了几场透雨，母亲说，走，捡草菌子去。这是开春后的时节，不，或者是夏天，深秋季节也行，只要下过三两天雨。母亲把竹斗笠往我头上一罩，挎了竹篮子，带着我便往后山上去。后山其实是一片缓坡，山上也没几棵树，三五棵吧，苦楝树，还有臭椿树之类的杂树，又矮又小，稀稀落落地站在偌大的一片坡地上，孤零零，瑟缩缩，像没娘的崽。后山有的只是芜杂的野草，满地都是。草菌子就生长在草丛里。这句话听起来像废话了，顾名思义，草菌子不长在草里面，又能跑到哪儿去呢？记得我曾问过母亲这个问题，她也是这样子回答我的。

幼小的我不解了，看上去一块那么贫瘠的山坡，鸟都不拉屎的地方，怎么就偏偏长出了漫山遍野的草菌子呢？草菌子当然也算不了好东西，但在我童年苍白的记忆中，它却是味道鲜美的菜肴，为我带来了口福和些许乐趣。

斜风细雨飘着，回暖的大地上野草刚刚开始泛青，这些匍匐在地表上的野草，以它们的一叶新绿一瓣嫩芽表达着生命的顽强和欣喜。一眼扫过去，萧索的后山上像是漂浮着一层浅浅的青颜色，透出盎然的生机。

草菌子散落在草丛间，几乎不用费力去寻觅，它们肯定是生命力旺盛的，只要给一场温润的雨水，草菌子就势疯长，像极了新鲜的木耳，那样黑黑的，软软的，我按照母亲的吩咐，蹲下身子来，小心翼翼地捡着，专拣个儿大的捡，不能太用力，怕弄破碎了。这不是力气活儿。湿漉漉的草菌子拿在手上，镀着一层水珠的亮晶，轻轻地吹几口气，将黏附其上的草屑子吹掉，再轻轻地放到竹篮子里。常常小半天的工夫，就能捡上大半篮子。

看看差不多够了，就回家去洗净，洗也是个细致活儿。草菌子上有泥巴，有吹不掉的草屑，得用手指一点点地抠下来，再置于木盆内用清水冲洗两遍，一切妥当了，再看干干净净的草菌子竟然呈现出一层碧绿的颜色来，且晶莹剔透，泡在水中的草菌子，如绽放的浮萍，以手指头轻触，那般柔滑，软润如玉，瞧着瞧着，心里就充溢着几分欢喜了。

欢喜当然还因为可以吃草菌子了。母亲会将草菌子做成汤，或者炒，那种味道，原汁原味的鲜美，不需要什么味精酱油之类一丁半点的调和（那时家里其实也无任何作料），油、盐、辣椒末，顶多缀上点葱花即可。吃起来口感滑、爽、脆，一大碗一餐吃个底朝天，恨不能将碗底也舔个遍。下餐还想吃吗，继续去后山吧。母亲要去队上出工劳动，我便带上弟弟去。小我两岁的弟弟是我典型的“跟屁虫”。奇怪的是，非得要是几场雨后才能捡得到，一到晴天，那些漫山遍野的草菌子便倏忽不见了踪影，变戏法似的，就算你挖地三尺也是徒劳。看来老天爷的馈赠也不是随随便便就给你的。自天真活泼的弟弟不幸被病魔夺走他花骨朵一般的年华后，我再也没去捡过草菌子了。不知天堂里从此是否多了一个捡草菌子的少年的身影？

然而这些年依然没少吃过草菌子，不过却不是自己去捡回来的，也不是母亲亲手做好的。第一回在饭馆里点到一个叫“地皮菌”的菜，端上来才知道就是儿时记忆中的草菌子。还吃过风干了的草菌子，干干的，皱巴巴的，要如干木耳一样用水泡发了才能吃的那种，已然少了纯正的天然的原味。

母亲在电话里和我唠叨，她讲，现在草菌子更多、更大了，田塍上，塘堤上都有，地肥的地方，菌子生得更肥，但乡下捡草菌子的人少了，好吃的东西多了，人却也变懒了哩。她的语调平和，如以往。

蕨菜

著名画家张青渠老先生送我一幅画，画的是阳明子采蕨图。我甚是喜欢。不独画妙，王阳明先生也是我敬仰的明代大学问家，儒家心性学说的集大成者。他的《采蕨》一诗信手拈来，自然妥贴，以谪居生活为背景，以采蕨为引，有景有情，抒发了被贬的无奈和苦闷，表达了对家乡和亲人的怀念。兹照录如下：“采蕨西山下，扳援陟崔嵬。游子望乡国，泪下心如摧。浮云塞长空，颓阳不可回。南归断舟楫，北望多风埃。已矣供子职，勿更贻亲哀。”在我看来，阳明子的“采蕨西山下”与陶潜的“采菊东篱下”有异曲同工之精妙，都在阐释诗人的内心世界，读来神情飞扬，令人心动。打动我的还有更深一层情结蕴含其中。采蕨，总让我勾起睽违已久而温馨的记忆。

采蕨自来就是极其古典浪漫的事，如诗经那么美！“陟彼南山，言采其蕨。未见君子，忧心惙惙。亦既见止，亦既觏止，我心则说。”儿时的记忆中，采蕨却是和吃有关的。在那些苍白“缺钙”的岁月里，不仅“瓜菜半年粮”，连野菜也纷纷走上了肚子的“抗饥”前线。不像现在的人们把采蕨纯粹当成一种消遣，或者好奇而已。

打小就跟着母亲上山采蕨。开门见山，在我家的对面就是一座大山，有个好听又响亮的名字，叫华盖山，据说是远远地眺望，山势如一顶古代君王出门，张在头顶上或车上的华丽的伞盖。崔豹《古今注·舆服》:“华盖，黄帝所作也。”这样一座名字大气的山，在我童稚的眼里是那么巍峨，往山脚下一站，又觉得自己是那么的渺小。渺小得如石径边的一颗小石子。俟我长大后，再来看山，却又感到它忽然间变矮了。正在三月中的时候，春天的影子开始在原野上若隐若现地飘忽着，乍暖还寒的天气，却正是采蕨的时令。“春江水暖鸭先知”吗？而蕨似乎更能敏捷地捕捉到春天莅临广袤山野的信息，瞧，在一堆枯枝败叶中，直直地长出来毛茸茸的那个便是蕨了，其时，诸般植物尤在寒冷中瑟缩着身子，尚未缓过神来，蕨，早已像睡醒的娃娃，蹬蹬腿，伸伸腰，朝你举起了它嫩嫩的毛茸茸的拳头。刚刚冒出泥土而尚未长出叶子的蕨，它的茎透出粉嫩的棕紫色，上面还附着一层茸毛，茎顶着一团还未舒展的褐色叶芽，俨然就是个“细伢子拳头”。还有身子蹿得更快的蕨，长出了几片叶，清新的绿叶在枯黄的萧瑟中，让人生涩的目光不由变得柔和起来。这时，你不会因为一阵山风的冷冽而怀疑身边的事实，春天的确来到了，就在你的眼底，就在你的脚下，那么真实而直观。但是，长叶子的那个就不是要采摘的蕨了。

蕨在林中湿润、肥沃的泥土中滋滋生长，从春的怀抱中婀娜伸出身子。采摘蕨菜，对于我来说，拥有一份劳动的小小乐趣与收获的小小成就感。我在山坡上四下里寻找，在残枝败叶中不知疲倦地搜索，眼里充满了急切和渴望，满脑子想的都是粗嫩一片的“细伢子拳头”。蕨们都是那么一根根地、非成片地长在山野里的。我顾不得脚下打滑，一不注意还会仰天一跤，揉搓几下摔疼了的屁股，继续往山的深处采蕨，每每发现一茎一茎的蕨，我都要高声大叫，告诉在不远处低头忙着采摘的母亲——“这里有”“又看到了”“咦，那边还有好多”。我总是禁不住用惊呼声来让母亲一起享受我的发现。母亲这时候就会直起腰来，给我一个赞许的眼神，还不忘叮嘱我一句——“别摔着了呀”。

挎着沉甸甸装满蕨菜的竹篮子回家，一家人忙碌着摘去褐色的叶芽，然后焯水，捞出来放凉水里冷却，然后切成寸长，就可以炒着吃了。许多人家还做干蕨菜，将焯水后的蕨晾晒干后置于密闭的陶瓷坛里封存即可。这样极易保存，其味更加馥郁，也没有了青涩味，山野蕨菜独有的清香依然如故。

蕨菜有“山菜之王”的美誉，菜色纯青，肉质细嫩，营养丰富，食用时，烩、炒、炖肉均可，清香怡人，别具风味。难怪人们也叫它甜菜、佛手、吉祥菜、龙爪菜。这些琅琅上口，而且意味着吉祥的名称，足见人们对它的喜爱。蕨，这大自然馈赠人间的“山珍”，有点孤傲、有点特立独行，但给世人奉献出的却是它微小然而鲜嫩的生命。

细细地品尝着蕨菜，我想，有谁会给一棵蕨、为一个看似那么样弱不禁风却寄寓了人们太多情感的生命立传呢？

桃树油

朋友有些神秘地对我说，要带我去一个地方尝尝新鲜的东西。保证你没吃过，他蛮有把握地讲。穿梭过两条大街，再插过三条巷子，然后来到了一个小弄里。一个简陋得不可能再简陋的小店子。车子进不去，只好停在百米开外的一处地方。朋友说的新鲜的菜在我的期待里端上来了，我一看，不禁哑然失笑。他倒是奇怪了。他以为我没见过，甭说吃过的东西，原来竟是一盘子桃树油做成的。

桃树油，我太熟稔了。

推开老家的后门，曾经就有一片桃林。那片桃树林在方圆几十里很有名气，以至于人们干脆将山坡叫作桃子树山了，三百亩地之广，至少有上千棵树之多。山坡南面是桃树，翻过那道山梁，北面还是桃树。桃林茂密，一到三月份春来，满山桃花绽放，一个花的海洋，红的、白的、粉的，蔚为壮观，煞是好看。果熟时节，周围的人们络绎而至，来买桃子。那种熟透了像要撑破了皮的水蜜桃，咬上一口，汁水直流。

应是 20 世纪 70 年代末吧，我们生产队一分为二，我家所在的队还是沿用原来的名称，叫磨石，新分出来的队则叫红缨，明显带了些时代色彩的一个队名。兄弟分家，什么都二一添作五地分开，人口、土地、耕牛、牲猪、农具、库存的粮食，还包括那片桃树林。林子怎么分呢，竟然是那种看似公平，实则简单而粗暴无比的方式，将所有的树全部挖掉，然后分了树。曾经茂盛的一片桃树山眨眼间被锯子、斧头从村子的历史上抹去。唉，这一直是很让我纠结的地方，看到近年来种植业方兴未艾的现象，我更是为那片被无端毁掉的桃树林痛心不已。不知要多少年才能成长起来的一片树林，因时代的荒唐而销声匿迹，徒让人倍感无奈和遗恨。

水灵灵的桃子固然是我们眼中垂涎三尺之物，而桃树油却仿佛是桃树给人们另外的馈赠。

每天我和小伙伴们都要去桃林里打猪草，或者放牛，荫凉的桃树山犹如我们这些小屁孩的花果山，我们常常要疯闹到夕阳西下，在家里大人扯破喉咙的呼喊里恋恋不舍地回家。夏天时候，桃树上流出了油，在自然风干中凝固成琥珀一样的结晶体，颜色浅黄，大都晶莹剔透，这些透明的桃油让我感觉惊奇，母亲告诉我，桃树油可以吃，捡回来炒菜吃吧。于是我再到桃林里就多了一个心眼，在完成母亲交办的扯满一背篮猪草的任务后，我就挨树挨树地寻桃树油。桃油挂在树皮上，玛瑙一样，亮晶晶的像在调皮地向我眨眼，一坨一坨的惹人怜爱。小心地把它们摘下来，拿在手上有些黏，我特意带了小手帕，将桃油包起来。桃油并不多，一棵树上采不到多少量，而且桃树高处的地方，我又够不着，只好干瞪眼。我便满山乱转，总想着多摘些回去好让母亲做菜吃。那琥珀一样漂亮的桃油勾起了我的嘴馋。从没试过味道的东西，总会让馋嘴的小孩子充满了好奇心。

第一天下来，我只摘了不到两个鸡蛋那么大的桃油，晚上回家便缠着母亲嚷嚷要炒菜吃。母亲尽管才出工而归，拖着疲惫的身体，还是满足了我的要求。她先是将桃树油进行了挑拣，将那些看上去不那么干净和新鲜的剔除，然后把留下来的放到木盆里用清水洗净，末了还特地滴几滴米醋加水漂洗一次，她说这样炒出来的桃油味道更香，色泽更明亮。一切收拾停当，母亲才开始生火炒菜。新鲜的桃油炒出来并不耐嚼，但我喜欢回味它的淡淡清香。母亲特意加了自制的剁辣椒，小半碗桃树油成了我的一顿别有风味的晚餐。我边咂巴着嘴，边想，明天还要去摘更多的桃油回来。

“今岁何长来岁迟，王母移桃献天子”，这是唐李贺《闰月》里的诗句。的确，一提到桃，我们多半会联想到“寿桃”“仙桃”等——桃常被人们看作福寿吉祥的象征，是仙家的果实，吃了可以长寿，故而对它格外青睐。这从营养学的角度来看，也不是没有道理的，俗话说：“桃子养人杏伤人”，桃的味道独特，甜多酸少，其根、叶、花、仁可以入药，桃有补益气血、养阴生津的作用，唐代名医孙思邈甚至称桃为“肺之果”。至于桃树油呢，实际上是树干上流出的树脂，夏秋采收，晒干，做成桃胶，中医上讲可以和血、益气、止痢、止痛、下石淋、破瘀血。也是稀奇之物矣。

香椿

世间事物似乎都有其对立面，譬如有好就有坏，有红就有黑，有大就有小，有幸福也有痛苦，有快乐也有悲伤，等等。凡事物都在对立与统一中相互依存。就说老家门前栽的椿树吧，也分为香椿和臭椿。自小祖母就一一指认着告诉我，这几棵是香椿树，那几棵是臭椿树。虽然祖母能准确地说出香椿与臭椿，但到底应该怎么样来分辨、鉴别，却说不出个子丑寅卯来，她凭的不过是自己最直接的感官认识而已。香椿树、臭椿树，两者外形极为相似，年幼无知的我根本认不清，但我也有自己辨别的方式，那就是，香椿树上长出来的嫩芽可以吃，而臭椿树的则不能吃。简单明了的一条界线。也有的说臭椿树闻起来有臭味，我特意找我家门前的臭椿树嗅过，并无特别的异臭味，想来如果房前屋后栽上有臭味道的椿树，恐怕也不合常理，如此看来，人们关于臭椿树的称呼，更多的许是相对于香椿而言的吧，只怕是真的有些冤了它。

香椿树长得高，甚至高过屋顶，树干通直高大，叶大荫浓，颇为壮观。在春天万物复苏的时候，香椿树开始伸出嫩嫩的枝芽，特别是在春季谷雨前后，这些嫩芽让我们垂涎三尺。每到这个时候，细伢子们就喜欢站在树下，仰起头来翘望着那些下垂而又翘起的细嫩枝丫，香椿树叶芽在暖暖的春风中，显得婀娜多姿，香椿叶厚芽嫩，绿叶红边，犹如玛瑙、翡翠，香味浓郁，它们仿佛伸出嫩乎乎的小手在向我们招呼。我们的身手够不着，就拿来长竹篙，瞧准了树上枝丫间挂着的椿树芽捅，捅下来的椿树芽就是我们的美味佳肴。还有身手矫健的男孩儿，往手心里呸呸吐上两口唾沫，然后猴子一样，“蹭蹭蹭”地往树上爬，到更高的树枝上摘树芽。下面围着的孩子就叫，“给我，给我”。上面的可不那么老实，他指定要先将自己的裤兜装得差不多了，才施舍般往下扔芽，每扔一棵，下面的小孩们就一窝蜂似地抢开了。抢到的兴高采烈，手舞足蹈，没抢到的只好又将头扬起来，眼盼盼地等着上面再扔下来。

回家后将香椿芽洗净，摘取嫩芽，较老较粗的部分不要，然后切碎，就可以煎鸡蛋吃了。说来也是有意思，那时候鸡蛋可算是乡下饭桌上出现频率最高的菜了，自然也是最好的。物质匮乏的年代，人们连鸡蛋都舍不得吃，除非家里来了重要的客人必须招待。至于大鱼大肉的，对一般人家来说，无异于分外奢侈之物。我家曾莫明其妙丢失了一只正下蛋的鸡婆，浑身羽毛上长着菊花样的花纹，漂亮极了，菊花鸡婆的失踪，让母亲伤心得失魂落魄了好一阵儿。

采了香椿回来，大人们大都会很慷慨地给孩子们做椿煎蛋吃。也许他们想，那么嫩嫩的香香的椿芽如果不煎蛋，真是糟蹋掉了，太可惜了吧。在孩提的记忆中，当香椿芽横空出世，对小孩子们来说，就是打牙祭的时候到了，想想，难怪孩子们那样热衷于四下出动，在乡间山野到处寻找香椿树，采摘香椿芽，乐此不疲，用大人们的话讲，就是“做梦也在念着椿芽”哩。

而今的饭店里面，香椿作为时令鲜菜偶然也能碰上，但价格不菲不说，一份以香椿入料的菜里，椿芽子几乎少得可怜。前两天我和友人上馆子，为着这事，还和酒店起了争端，友人愤愤地责怪店方，沽香椿之名，行欺诈之实。我知道香椿生长受季节性的局限，自然来之不易，友人在城市里长大，哪里晓得其中的原委呢。量虽少，那特有的醇香味却丝毫无减，也算是再次品味了一回儿时鲜美的记忆吧。饭店里做香椿的花样多了去了，如香椿豆腐丸子，香椿酥饼，香椿蛋饼饭团，香椿拌粉皮，香椿炒豆豉，香椿拌三丝，等等，不胜枚举，已远不是我们小时候只知道做的一个香椿煎蛋。

雁鹅菌

我一直在想，为什么这种浅棕色的野生菌会有这样的一个名字。当然，雁鹅菌，这是民间的一种叫法，我没有去考究它的学名是什么。菌类被人叫成了禽类的名，不知道和那天上飞的雁以及地上跑的鹅有甚关联，确实令人费解。但我也一直有些偏执地认定，民间口头上的叫法要比书本上定义的更生动活泼些。乡下老家都这么叫，不知道沿袭了多少代了。后来我在餐馆里看到菜单上写着“寒菌”，其实也是这种菌子。

雁鹅菌一年有两次生长期，一是在农历三月份，春天正好来了，二是在农历八月份的样子，恰是秋时。哦，是了，我想雁鹅菌之称的来历当是与其生长的时期有关的：春江水暖时，“鹅，鹅，鹅，白毛浮绿水，红掌拨清波”；秋高气爽的季节，鸿雁南飞，雁鹅菌诚可谓应时而生了。也有人说大雁也叫雁鹅，寒露霜降，大雁北归与南渡时，才有可能在山里采集这种菌子，至于菌面上那一层滑滑的油，人们以为这是大雁在鸣叫时，滴下的雁涎才生出这样的美味，于是便自然而然地把它叫作雁鹅菌了。还有一说是大雁飞行过程中撒下的粪便落于树间草丛，由此而生出的。说法各异，姑且不论也罢。

只是秋季的雁鹅菌味道更醇香，所以在秋天采摘的人更多。春时的雁鹅菌少有人去捡拾，老人们说是由于万物生发的季节里，各种各样的爬行物种们结束休眠纷纷出动，有毒的，邋遢的，难免会埋汰到菌子。常有食菌者中毒的事例发生。雁鹅菌本身没毒，是那些小动物、小虫蚁们爬呀啃的搞的“破坏”。而且，三月份的雁鹅菌味道的确不如八月份经霜后的雁鹅菌鲜美。这确是人们多年品尝后真真切切的体味。

雁鹅菌却又不是那么好采摘到的，不似草菌子遍地皆有，俯拾即是。母亲说雁鹅菌得有缘人才能捡得到。这听起来有些神秘感。但她言之凿凿地说，三眼冲里那一块有雁鹅菌，可只有邹四婶子才能捡到，别人不信邪，一道同她去，结果硬是没寻到半个菌子。邹四婶子却每次都能捡一大把回来。是否确有其事，我没去打听过，但我小时候从没去捡过，记得母亲也没捡回来过。

倒是祖父偶尔捡回过雁鹅菌。祖父那时不管上山砍柴，还是下田耕种，总是在腰间扎着一块老蓝色的围布。他叫围腰子。围腰子的其中一个大大的用处是兜东西。一天祖父从山上下来，就从那围腰子里掏出来几个菌子。形状如蘑菇伞样，大的如家里常用的菜碗，小的则不过铜钱大小。有的通体金黄，宛若黄金铸就，有的金黄中泛绿，犹如出土的远古青铜器皿。看来祖父算得上一个与雁鹅菌有缘的人了。雁鹅菌生长在山上的茅草丛林之中，茅草有半个人高，茎干呈鹅黄色，细细长长的叶子边缘上布满了芒刺，颇见锋利，稍不留心就会被划破手指，丛林则多是本地常见的一种松树，我们叫枞树，材质并不结实，长得也是歪歪扭扭的，做不得房梁，当地人家做家具都少有派场，是以不太受乡人待见。不太受人喜欢的茅草丛林里倒是藏匿着惹人怜爱的雁鹅菌，亦不外是世间常见之例吧。

雁鹅菌质松肉肥，母亲常用来炖汤，或者炒肉，无不鲜香甜美，滑嫩可口。现今科技之发达下，反季培育的菜蔬早已登堂入室，在我们的餐桌上比比皆是，但大都味同嚼蜡，与活色生香越离越远。雁鹅菌是一种山珍却是无可置疑的事实。这种菌子无法人工培植，只能保存两三天，也无法长途贩运，每年只生长两次，而且必须是下一天大雨后立刻天晴的日子，即使如此每次生长期也不过二十来天，采摘时，爬山的辛苦自是免不了，而运气则似乎更加重要，也许你在山里找一天也不见得能找到一个，但一旦找到了，那么在附近肯定还有一窝在笑眯眯地等着你呢……

关于雁鹅菌，明朝李时珍《本草纲目》中记载："玉草（菌）初寒时生，洁析可爱，作羹微韧，俗名寒蒲草。"纯天然。寒露霜降自灭。独具一格的品质。人工无法复制，我想这不是科学的悲哀，反倒是雁鹅菌的幸运。当然也是你我一饱口福的幸运。

早几天我去东风菜市场转悠，看雁鹅菌上市了没有，儿子打小就爱喝雁鹅菌做的汤，前一阵就在嚷嚷了。以往，卖雁鹅菌的大都是乡下来的大伯大娘，他们提着草篮子，在街道口随地蹲下，也不用吆喝，慢慢地光顾的人就围上来了，要不了多久，大半篮子菌子就一抢而空。我边走边瞧，却四寻无果，便向一位卖鸡蛋的大娘打听，答复是今春雨水一直未歇，待天放晴了肯定就有卖了。呵，我来早了点。大娘临了还不忘叮嘱一声，这两天就开晴了，你要是不盯着来只怕又错过了，碰不上。真是可遇而不可求，且又是过期不候，世上许多的事情不也是这样的吗？返回的路上我暗自琢磨着。

这小小的菌子呀。

野藠子

屋后本是一片黄土坡，荒草地，勤劳的乡邻便开荒种地，按季节栽上黄豆、花生、绿豆、油菜之类作物。土地贫瘠，收成自然也不可观，但乡邻们依然不歇息地耕作，他们持有一个朴素的想法，靠天吃饭，不如自己动手，只要肯流汗，就总会有些收获，种瓜得瓜，种豆得豆，总比两手空空什么都没有要强很多。黄土地上的农作物长势似乎总不尽如人意，一种我们叫作“野藠子”的东西却茂盛得很。

野藠子俨然就是我们经常食用的那种藠头的翻版。也许正由于它们长得像，才有了“野藠子”之名的由来。一如藠头青翠的颜色，一如藠头狭长的体型，野藠头比藠头香，外形有点类似葱，但比葱长得高了许多，圆圆的叶子细长，不及蒜苗叶的宽大。按植物书上准确的说法，地上长的像葱的部分叫薤，地里面的茎块才叫藠头。当然，看上去野藠子还是略比藠头的个儿稍微小些，明显的区别呢，你从黄土里扯出一棵野藠子来，就会发现它埋藏在土里的“头”要比藠头的细了许多。

野藠子在黄土地上恣意地生长，不需要施肥，不用担心干旱，它有着发达的根系，一头扎入土地里，过起了有滋有味的日子。举目一望，这里一丛，那里几棵，甚至就从庄稼的头上冒了出来，像在显摆它旺盛的生命力，有风吹过，它便要左摇右晃着，更像是炫耀它轻盈的身段。成熟的野藠子还会开出淡紫的小花儿，在太阳底下散发出淡雅的香气，如亭亭玉立般顾盼有神着呢。

长在庄稼地里的野藠子却并不遭人唾弃，它不是那种杂七杂八的讨人嫌的野草。因为它可以供人食用。而且“野藠子”的味道丝毫也不逊色于藠头。不得不佩服第一个敢把“野藠子”当菜来吃的，我想那是有一种类似于第一个吃螃蟹的那般精神头了。准确地说，采摘野藠子应该是用手指掐，大拇指和食指捏住野藠子苗的身子，轻轻一掐，就断了，掐得多了，青翠欲滴的野藠子还会流出让你一手黏乎乎的绿汁来。当然啦，吃藠头一般不是吃它的叶，而主要是吃它的头，藠头成熟后，从土里扯出来，一个个的，个大肥厚，洁白晶莹，辛香嫩糯。野藠子呢，则反之，因野藠头细小，则主要是吃它的叶苗。

嫩嫩的野藠子叶摘回家，用清水稍微一冲洗即干净了，主要有两种吃法：开汤和炒鸡蛋。加入油盐后的水烧开锅后，将切成小段小段的野藠子叶放进去，再撒上干辣椒末，任沸腾的汤水滚烫两个回合，一碗热气腾腾的野藠子汤就可以享用了。乡里人一有个伤风感冒，头痛鼻塞的，都喜欢喝上一大碗这样热辣辣香喷喷的野藠子汤，驱寒散气。据《本经》记载：藠头“治少阴病厥逆泄痢，及胸痹刺痛，下气，散血，安胎”。作为藠头的同种之物，看来野藠子也传承了其药用功效。

小时候，乡下的孩子没别的奢望，那时候总盼望着过生日和过大年。“大人盼插田，细伢子盼过年”“大人生日一碗饭，细伢子生日一个蛋”，这是经常挂在祖母嘴边的两句俚语。我最喜欢吃的当然还是野藠子煎鸡蛋了。因为其做法简单且味道好，我平生学会自己做的第一道菜，就是野藠子煎鸡蛋。将洗净后的野藠子叶切碎，和鸡蛋、盐、辣椒粉一块搅拌均匀，调成糊状，马上倒入加了油且烧红的锅子里，只听到“嗤嗤”声里，热气腾腾而起，待一面煎得金黄了，迅速用锅铲翻过来再煎另一面，须掌握好火候及时间，太过了易烧焦，太短了则里面未熟透。这个似乎有些类似于北方那种烙煎饼的做法。一道金黄中透出碧绿，香气扑鼻的野藠子煎鸡蛋，让我垂涎欲滴，我的童年记忆因此而芳香四溢。

心里想着，过些日子，挑个五月里明媚的天回老家去，不知道能不能在野径边或屋后的黄土坡上邂逅那一抹青刍水灵的绿色和那个在青葱岁月里采撷快乐的少年?

竹笋

我们无疑身处一个“竹子的国度”，自古就有梅、兰、竹、菊“岁寒四友”之说，在这些人性化了的植物中，竹代表着超凡脱俗，清新高雅。国人爱竹，因其外形高挑而内芯中空，所以常用其比喻君子，代表高洁而坚韧的品格。文人墨客总是用其表达自己的作品和情怀，宋朝大诗人苏轼在《于潜僧绿筠轩》中写道：“宁可食无肉，不可居无竹。无肉令人瘦，无竹令人俗。”竹成为诗人心目中择住傍居的不二之选。

在老家的房前屋后常见翠竹，青叶婆娑，竹影摇曳。老家栽竹子时，有个有趣的习俗，那就是必须得有孩子哭，可怎么让孩子无缘无故地为一棵竹子而哭呢？大人们有的是办法，瞧准在旁边凑热闹的某个细伢子，冷不丁就在他屁股上掐上一把，疼得细伢子立马放声大哭，看他委屈的样子，恶作剧的大人们在一边哈哈大笑。据说只有孩子哭了，竹子才能栽得活。老家的竹多是楠竹，修长高挺，生长很快，一棵竹子栽下去，要不了几年光景，周围就长成一小片竹林了。

从东坡居士“不可居无竹”的态度来看，想来他是不忍食竹笋的。

在老家人的眼里只怕没有诗人的那份雅趣。竹子给乡下人家带来的诸般益处自不待多言，在此，且说说吃竹笋的事儿吧。

民以食为天，食为天下第一等要事。追溯国人食用竹笋的历史，据有人考据，有二三千年了。《诗经》中的“加豆之实，笋菹鱼醢”“其簌伊何，惟笋及蒲”等诗句，足为例证。

父亲对于竹笋有一套套的讲法。先说挖笋，以“冬至”为界，“冬至”以前形成的笋称为冬笋，“九前冬笋怕春雨”，冬笋不宜留下，人们一般挖冬笋吃，而且笋质更幼嫩，品质最佳，“冬至”后形成的笋称为春笋，“九后春笋喜春雨”，春笋能迎春雨破土而出，成竹率高，宜留不宜挖。觅笋时，凡见地表有土块微微隆起、松动、开裂的地方，用脚轻踩有松软感，则往往是有笋的征兆，基本上一挖一个准。挖笋时也得注意，对发育良好的幼笋一般要选择性保护，不要挖了，以便“春来成新竹”，而发现那些笋形弯曲，两头尖、扁，或笋箨老化松散的，则可以及时挖掘。父亲挖开土层后，总要细细观察一番笋子，说，这根不能挖，那根可以挖。确定了之后，才动手。

在菜蔬里，说到能兼清、洁、芳、松、脆等特色于一身者，恐怕就只有笋了，堪称“金衣白玉，蔬中一绝”。竹笋的吃法更是样式迭出，炖、炒、蒸、焖、酱、卤，一应俱全。但记得是时家里倒不怎么吃竹笋，因为竹笋是吸油吸脂大王，父亲说“吃一餐笋要刮三天油”。炒笋时，要放的油量多，那时候，食油的供应如其他许多日常生活用品一样，都是凭票限量供应制。反倒是喜欢吃那种小笋子。乡下还有一种我们称为“黄竿竹”的小竹子，大不过拇指，竹杆呈淡黄色，一丛丛，一簇簇的，长得比楠竹更茂盛，更常见，小时候，我们常砍成材的“黄竿竹”来做钓鱼竿，它的柔韧性好，大小正合适，钩上蚯蚓去池塘边钓鱼嫩子，拿在手里挺顺当的。它们生出的小笋子，其味道丝毫不逊色于个大的竹笋，而且采掘不必那么费力，用手轻轻一掰断就行了。也不要选择性地采掘，小笋子好像怎么摘也摘不尽。小笋子炒鸡蛋，是乡下人家里常做的一道菜。现在许多风味小店里，用小笋子做主料，可做出道道菜肴，如酸菜炒小笋子，小笋子炒蕨菜，等等，吃起来别有风味，下饭最好，一大碗米饭呼啦啦就下肚了，开胃爽口。

现代人饕餮大餐多了，肥肠油肚的，难免吃出一身“富贵病”来。而竹笋自古就享有“寒士山珍”“素菜第一品”的美誉，具有低脂肪、低糖、多纤维的特点。竹笋犹如“抽脂机”，让你“脱肥致瘦”，竹笋更是“保健品”，让你的生命健美如一棵郁郁葱葱的翠竹。

第三辑　故乡原来就在身边

城里的鸡鸣

竟然会在半夜醒来。这种现象于我来说是少有的。正辗转反侧间，突然听到了一声鸡鸣。我在床头柜上摸索到手机，推开盖子瞧瞧，凌晨4时。

雄鸡高亢的啼叫，一声落下，一声又起，唤醒了我有些模糊混沌的思维和早已远去的记忆。这是我久违的声音。在我遥远的记忆里，那就是音乐，在乡村流行且永不衰老的音乐。你想吧，没有了鸡鸣，那还叫乡村吗？没有了鸡鸣，乡村的清晨又由谁来唤醒？那个时候，我其实不明白农人对于鸡叫一更、二更，鸡鸣三更、四更的规律，他们何以那么了如指掌，烂熟于胸，好像他们头脑里的生物钟就是用鸡的啼鸣来控制的。每每雄鸡声啼，他们在再沉再沉的睡梦中都会下意识般在心头咯噔一下，那一定是如时钟撞针的滴答声响，然后他们会在鸡叫第几遍几遍之后，窸窸窣窣摸索着起床，点上油灯，或去牛棚里瞧瞧，添上一把夜草；或去里间的柴火灶上挂个烧水壶；做豆腐卖的则会将豆子放在水里泡好，等等。记忆中似乎每一遍鸡叫，农人们都要起来做些什么。鸡鸣声就是他们忙活的时间安排表，这仿佛已成程序规定了。俟忙完了，再放心钻回到依然热热的被窝里。他们总是把睡觉依鸡鸣分成几个段落或小节。当然，鸡叫天亮前的最后一遍时，意味着天已蒙蒙亮了，新的一天早早拉开厚厚的帷幕，农人们或荷锄或牵牛或挑担或刹割的身影朦朦胧胧地出现在田间地头山坳。乡村的早晨，谁家的院落上开始冒出一缕炊烟，其时，渐渐地鸡鸣四起，狗吠狂欢，村庄的忙碌则在鸡鸣狗吠里开始。

那曾是我多么熟稔的声音，却被围城隔绝了多年。城市里没有鸡鸣，有的是白天黑夜叫嚣的汽笛，有的是摩肩接踵的鼎沸人声，城市像一锅烧开了的水，总是在咕噜咕噜地沸腾着，吐着热浪尘烟。

城市里甚至拒绝鸡鸣，人们会把鸡鸣叫作噪音污染。狗好像不同，它被贴上宠物的标签，随主人登堂入室，或大摇大摆四处溜达。但城里的人们却并不拒绝把能鸣能啼的鸡当作美味佳肴，端上他们的餐桌。于是乎，在菜市场的角角落落，可见铁笼子、篾笼子里关着一笼一笼的鸡。大红冠的公鸡，芦花白的母鸡，身材挺拔的公鸡，肥嘟嘟的母鸡，一个个惊慌失措，在笼子里挤挤挨挨。注定难逃的厄运，或许已足以让它们窒息。其时，谁要是再期冀它们引吭高歌一曲，可真是残酷之至的大不恻隐了。

偏偏现在我却听到了鸡鸣，依然是那种高亢而激昂的啼鸣，穿透城市里布满污浊尘埃的夜，破空而来。我想象那也许是一只披着一身油黑发亮的锦缎似的大公鸡。我不知道，它现在藏身于城市里的哪一个黑暗的角落。但我知道，它肯定是被现代化的运输工具运进城里的，也许是被乡下的主人作为礼物而送进城的。

那只喔喔啼鸣于城市之夜的雄鸡，是否算得上城里的一个匆匆过客呢？我想，肯定是的。它嘹亮的歌声，向人们，至少是向我展示了它生命的鲜活，甚至就是生命的精彩。它没有因为身处陌生的异乡而拒绝歌唱，也不曾因为难以预卜的命运而垂首忧伤，反而高昂着头，扑棱着雄健的双翅，引吭高歌。也许，它有一个朴素的原则：该唱的时候就唱，就要证明生命的存在。

我甚至觉得，自己在凌晨4时醒来，就是因为要聆听一个生灵的啼鸣——那种饱含激情的清脆的歌唱。

城市的草地

这不过是一块草地。在钢筋水泥构筑的森林里，一块青翠的草甸镶嵌在城市灰蒙蒙的皮肤上，尽管城市灼热的呼吸中充满了酸雨的味道，然而小草毕竟是小草，只要给一把泥土，就能把根深深地扎入城市的骨头缝里，然后在尘嚣弥漫的一隅，铺染一地盈盈绿意。

只不过是一块草地，却总有三五只叫得出名或叫不出名的小鸟不知从何处径飞而至，在草地上悠闲地散步，没有屋檐的城市想来是没有小鸟栖息之所的。所以，不得不佩服小鸟敏锐的眼光或嗅觉，或许它们是捕捉到了小草细微的呢喃，或许它们是聆听到了小草舒展根叶的声响，抑或是它们与小草总有一份与生俱来的心灵感应，反正，当这些小草儿在钢筋水泥的缝隙里探头探脑的时候，小鸟就飞来了。像荒漠中跋涉的旅行者，行进中永远睁着第三只眼，不倦地寻觅着在沙漠与沙漠的边缘、在荒凉与荒凉的边缘处那一片心灵的绿洲。

又有几只八哥鸟悄悄地滑落在草地上，轻盈地跳跃着，啼啭的鸣叫在草地上溅开来，它们绅士般地踱着步，仿佛视而不见在草地间的小径上散步的人类，它们好像很大度地在对人们说：“我才是这里真正的主人，你们随便看吧。”一块沿着乡间小路流浪到城市的草地，就这样以鸟语和翔影来诠释难以排遣的寂寞，而总是如昂着头颅的公鸡一样高傲的城市人，从此也爱在有意无意之间悄然光顾这块草地，他们甚至像一群悠闲的母鸡，携家带口来草地间释放一些莫名的情绪。

我相信，路过城市上空的鸟儿也许是不会来这块草地上觅食的，城市的草地里除了烟蒂、瓜壳外，恐怕难以觅到它们的美味。小鸟飞来，也许是在寻找它们大自然的家园吧，而人类呢，其实和小鸟一样同样需要一块郁郁葱葱的茂盛草地，一如人在寻找和营造着自己心灵的寓所一样。可以说，草地既是我们寄托和栖息心灵的场所，又是我们拓展心灵空间、延续心路历程的必经地。试想，当我们站在城市的肩膀上，眺望远山迢遥的峦影里所蕴含的憧憬，而我们的身后就是一张开阔的草地，此时，你肯定会感到无比的踏实，大地的温暖通过每一颗草的茎脉无声无息地传达到你的呼吸里和血液里。闭上眼睛，你能体味到什么，也许就是细细地咀嚼着白色草根的滋味吧。若浓若淡似有似无的甜味儿一直那么悠长地绵延到人的心坎里。此时此刻，我想对草儿说：我们都是自然的孩子。我相信小小的草会把这句话告诉小鸟，而小鸟听了呢，肯定会颔首而啼的。

城市的草地又岂止是一块拘泥于规划图中的草地，展示大自然的生动的情怀，一种没有边界没有栅栏的敞开的情怀，任生命息息不止的风在漫无际涯的原野上吹拂着、涤荡着。

也许，你曾经不止一次地惊诧于灰蒙蒙的水泥地边一地雨水洗过一般的青翠，但不知你是否真切地体味过一块草地在赐给你感觉愉悦之外的另一种温馨呢？至今清楚地记得十多年前我在异地的一座城市求学时，初次走出山村的农家孩子，在一个怅然若失的周末的下午，竟独自搭车去城郊外徜徉。时值深秋，草色枯黄，阳光懒洋洋的，空空荡荡的田野给人一种肃杀的感觉。我却像回到了亲切的怀抱，在枯黄的草地上静静地读着书，不觉间太阳西沉，才慌慌地赶回程的车，见一中巴车驶来，便冒冒失失地钻进去，待得买票时，才觉得糟了，原来我身上只有够乘公共汽车的 2 角钱，而中巴车票需 5 角钱，素来脸薄的我刹那间脸上如泼了猪血，觉得手心里攥着的 2 角钱简直要捏出汗来了，迟疑着不敢掏出来，我甚至感觉满车的人都在以鄙夷的目光盯着我。这时，售票的大哥轻轻地拍拍我的手，他好像不愿意让第三个人听见一样，细细柔柔又不甚介意地对我说："钱少了吧，不要紧，多少都行。"那一刻，我感觉那位素昧平生的大哥仿佛在我的心灵地带种植了一块足以安置我那颗躁动不安的心灵的草地，那么温暖，那么柔和，又是那么宽广的草地。当时，我想我人生中的这个细节肯定将使我对于草地一样温暖、一样柔和、一样宽广的情怀永存感激。那天夜深的时候，我在日记本上郑重地写下这么一行文字：我发现了最美丽的草地。

而今静心一想，如果我们每个人的心间都有一块纤尘无染的草地，那么，我们的人生必将四季如春，温暖如春。而我们更没有理由去拒绝对草地的小心呵护。

阳光雨露中的草地呵，永远滋润和美丽你我的心田。

仿佛游弋的花朵

一两场霏霏绵绵的春雨下过，将干拆的泥土慢慢浸泡得疏软起来，眼看播种春耕的日子一天天迫近，茶花坳里的人们坐不住了。上年纪的似乎更急躁，柏二爷看着他的满崽小五子磨磨蹭蹭地从后院里搬出犁铧铁耙之类农具和漫不经心地擦拭的样子，他一下就心火上窜，朝小五子吹胡子瞪眼睛，“做事没个做事的样，你下辈子做牛也拉不动一架犁。”

牛栏里传出大黄牛莫名其妙的一声长哞，仿佛在应和柏二爷的意见。连牛都待不住了。它许是嗅到了来自田野里的那一种让它兴奋和躁动的气息。

在柏二爷一通牢骚后紧接着的一阵剧烈的咳嗽声里，小五子只是白了老爷子一眼，并不回话，也不敢顶嘴，手上的动作却明显用上了力，也加快了许多。那些沉寂了一冬的铁器在他的手下，开始焕发出寒亮的光来，叮叮当当的碰撞声听起来那么清脆而激越。

茶花坳的水田很少，人均不过五分田。所以，人们对一季开春的农事看得紧要，甚至可以说带着明显的期盼的成分。

犁翻过了，耙松过了，田里头原来履盖的厚厚的紫云英被彻底地压到了泥土下面，它们将很快沤烂掉，使水田变得愈加肥沃。平整过的田里贮着一层约四五公分深的浅浅的水，水平如镜，一眼就看得透底。

这个时候的晚上，茶花坳的田畴间便游动着数点渔火，那是人们照泥鳅来了。泥鳅其时最喜钻出泥巴，静静地，几乎一动不动地匍匐在田里，像安静地守候着什么，甚至渔火的光芒完完全全地罩住了它们的周遭，也丝毫不为所动。它们或许正在倾听春天的夜晚里那些大自然的天籁，譬如蛙的倾情歌唱，譬如虫的细碎呢喃，或者正在醉心地品咂来自季节深处的醉人的气息，而浑然不觉危险已降临。

我的叔称得上照泥鳅的行内高手，小时候，我最爱跟屁虫似的背着个鱼篓子和他去出征。叔用长竹竿挑着一盏渔灯。说是灯，不过是自制的，很简陋的灯具，在装罐头用的矮肚子玻璃瓶里灌上些煤油，瓶盖上钻个小孔，插入以几根麻丝捻成的灯芯就行了，再以手臂长的细绳子把灯系紧在长竹竿上挑着，便于远远近近高高低低的照着方便，所以人们也叫作照泥鳅。至于捉泥鳅用的工具，则恐怕是茶花坳人独特的发明，乡话谓之泥鳅撰（音），是细长而小巧的圆锥体，前面却分开成尖尖的丫字形，铁器，长木柄。俟看准了，猛地朝泥鳅的腰身扎下去，扬起来，便叉住了活蹦乱跳的小家伙。叔脚轻眼尖，动作干净利落，绝不拖泥带水的，尽管泥鳅鬼精鬼精的，稍有响动即飞快遁泥隐匿，但在叔手下十之八九难逃。而且扎下去的力度拿捏得恰到好处，因为力过猛了，锋利的铁丫会将俘虏叉成身首两分；力轻了，滑溜溜的泥鳅则一溜烟逃逸了。我那时乐此不疲地跟叔去照泥鳅，更主要的一个原因，则是可以一饱口福，解解馋瘾，泥鳅肉美味鲜，炒、煎、炸皆可。母亲最拿手的便是做泥鳅钻豆腐，将清水溯养过三五天的泥鳅，和鲜嫩嫩的豆腐一块放入锅里文火炖，随着温度升高，泥鳅们扛不住了，纷纷钻入豆腐块里，能清楚地听见锅里面扑扑腾腾着好不热闹，再慢慢地，慢慢地听不见泥鳅乱窜乱跳的声响了，只有汤开了的咕嘟咕嘟吐着气泡的声音，这时加入蒜香之类调料，即可。那汤汁炖得浓稠，闻着都让人直流口水。

在一个孩子的眼里，那些在山坳里田垄边游动的渔火，无疑充满了新奇，可以说，照泥鳅成为我儿时最具诱惑力的一件事情。那些游弋的渔火，像明亮的眼睛，眨巴眨巴着，竟使我枯燥单调的童年闪烁着情趣的光斑。

我对于渔火还有另一层更为深刻的记忆。回想起来，那一层记忆使我现在翻阅渔火时，有了一番不同的感触。

读小学五年级下学期时，学校来了个刚摘臭老九帽子的老师，姓陈，叫陈梧生。我记得很清楚。他当时已年过半百，个子不高，瘦癯的脸，全然不似五十开外年纪的苍老，头发花白。看起来一副慈眉善目的样子，却偏偏是个急性子。其实倒不是脾气躁，只是教起我们来恨不得一节课当作三节课上，恨不得把他脑子里所有贮藏的知识一古脑儿全部倒出来传授给我们。所以对于那些顽皮捣蛋的学生，他永远一副恨铁不成钢到几乎捶胸顿足的地步，绝对比孩子的亲爹亲娘还急得不行。而且经常家访，夜里提着渔火，磕磕碰碰的东家走西家串，记得大槐家他去得最多了，大槐娘开口闭口就是反正是赶牛屁股的，读那么多书也没得用处，其时，他就在一旁干着急，任他大话大讲细话细讲，大槐娘可是横直油盐不进。不过还亏得他好多次上门，大槐娘总算给他面子，让大槐磕磕绊绊地读完了小学。

陈梧生老师本是教数学的，却突发奇想利用晚上的时间给我们上起了语文课。我们从家里吃过晚饭打着渔火再回学校，二十几个孩子，二十几盏渔火在山坳里游动着。孩子们一路前呼后应的，兴致颇高。老师戴上黑框子的老花眼镜，一手掌着一盏小马灯，一手拿着书。主要还是教我们课本上没有的古诗词，什么春眠不觉晓，处处闻啼鸟；欲穷千里目，更上一层楼；车辚辚，马萧萧，行人弓箭各在腰；少壮不努力，老大徒伤悲，等等。他先是一句一句地解释，然后用他特有的有些沙哑的嗓子带我们一起大声朗读。孩子们起初觉得好玩，从未读过的古诗，琅琅上口，而后听老师讲解诗词的意境和背景，听到了一些遥远的故事，熟悉了一些如李白、杜甫、白居易之类陌生的名字。渐渐地入迷了，因而一个个兴趣盎然，朗读起来，真有一种要比比谁的嗓门大的场面。稚嫩的童音划破春天的夜空，仿佛在和田野里的那一片蛙鸣叫阵，甚至引得大人们也赶来凑热闹了，几张脸挤在木格子窗上，饶有趣味地听我们摇头晃脑地朗读。

其时，每天晚上至少要背熟一首诗，然后我们各自点着渔火摸夜路回家。山里的孩子胆儿大，无须家人接送。大人们大都早已安歇了，因为第二天还有大堆大堆的活儿等着他们。

在回家的路上，我们会三五个结伴而行。路上，往往意犹未尽地大声背诵刚学会的诗。渔火映照着孩子们天真的脸和纯净的瞳眸。长大以后，我每每回忆起这一幕，觉得自己以往把渔火想象成星星的比喻，真是有些肤浅了、老套了。那些一路闪亮的渔火，分明是游弋的花朵。虽然没有奇香异彩，甚至没有绿叶相衬，却让我至今倍感温暖，它们绽放在茶花坳春天的夜晚，把孩子们一张张纯朴的小脸映照得格外动人，如绚丽的花朵般绽开灿烂的笑容。

自此，这些游弋的花朵明明灭灭地一路陪伴着我，行走在茶花坳的春天里，行走在迢迢人生之旅中。

记录：黄昏里的一次邂逅

不过是一次与往日并无二致的漫步，习惯性的生活节奏，沿途从我身旁经过，又渐次退到我身后的高低错落的民居、低矮杂乱的灌木丛、在晚风中摇曳的庄稼，以及或步履匆匆或不慌不忙的行人，这些熟稔得不会让我的心里漾起半圈涟漪的事物，在我眼里的确不曾定义为令人稀奇的景致。都说熟悉的地方没有风景，至少以个人的体验来看还是有几分可信度的。而这一回，我原本就半点也不曾想到，我漫不经心的目光竟然被突然闯入我视野的那几头牛给生生地拽住了。

因了黄昏里的这次与几头牛儿的邂逅相遇，让我平静如一汪潭水的心底，像倏地被谁投下了一颗小石子。

这是一个初春的黄昏，从严冬刮过来的风脱落了那一口尖锐的牙齿，就再也啃不疼人的脸皮了，但夕阳的脸庞仍然透出几分苍白，它回家的步子迈得似乎也有些快。此时我正徜徉在脚下的这一条街道上，路是新修筑的，宽坦。说是街道，其实还只是城区扩张规划图跨出的第一步，路的两旁是庄稼、村舍，还有一地聒噪的蛙鸣，更多的却是已经荒芜和正在荒芜的田地，那些弯弯曲曲的田埂，依然像蛇一样在村庄里穿行。在我兀自看来，这一条水泥街道颇有些在村落里横插一脚的味道了。当然，从城市里延伸出来的路，一脚踏入村庄的腹地，难免会让田野上的眼睛里生长出对农作物一般的某些期待。

而我得坦率地承认自己心里并没有揣着这种期待。我走在这条从良田与沃野的身体中遽然长出来的灰不溜秋的街道上，甚至觉得有些说不出来的感觉。我不知道和我一样来这里散步的三三两两的人们是怎样的一种心态。也许他们原本只是来到这里消食的，仅仅是走走罢了。如此简单而已。散步的实质应该是不需要更多的理由的，散步不能带着更多的念头。相反，我常是借助散步这一手段把脑海里翻涌的更多的念头在漫无边际的脚步声里不知不觉地丢掉。

所以，当三头牛打我跟前经过时，我脑子里突然蹦出一个有些荒诞无稽的念头，我此时很想知道，当牛们走在这条水泥路上时，它们是一种什么样的心情和感受呢?

三头牛，两头大的，一头小的。好像三口之家。一身黄的应该是父亲，健硕的大黄牯拉着一辆平板车，走在前面，后面一身黑的应该是妈妈，小牛犊呢，蹦蹦跳跳地在父母身前身后撒着欢。平板车上堆放着几件农具，锄头、镰刀、犁铧什么的，在夕阳的余晖里锃亮着，一小捆干枯的树枝，表明老农人显然保持了他若干年来养成的习惯，捡拾野路边那些被遗弃的枝枝丫丫，可以拿回家当作柴火投进灶膛里，哔哔剥剥地燃烧，烧滚烫烫的茶，煮香喷喷的饭。当然还有一大捆青黄夹杂的草料，应该是牛的晚餐吧。虽早已开春，但草木尚来不及葳蕤，只好委屈劳苦功高的牛儿将就将就啦。最后才是牛的主人，一位头发花白而蓬乱的老农，背着双手，尽管他趿拉的一双脏兮兮的草绿色胶鞋，和溅满星星点点泥屑的高高卷起来的裤腿在说明着他的辛劳，但他古铜色的脸上犹是明白无误地释放出了浅浅的悠闲。发自内心的悠闲自在。我想或许可以理解为那是一种耕作和播种后的放松和愉悦吧。他迈着轻松的步子跟随在牛屁股后面，看来他一点也不担心牛儿不识回家的路。世上并不只有老马识途之说。

街道的尽头是个一字排开的建筑工地，绵延十数里之长的规模让人想见得出竣工后将是何等的气势恢弘。据说这里将是城市新的行政中心，意味着庄稼地里将指日可待地崛起一片人声鼎沸的繁华景象。那块矗立在工地前的巨大的广告牌上描绘了一幅行政中心的蓝图，不时有路过的人们饶有兴趣地在蓝图前指指点点，我想，他们一定在憧憬着车水马龙的热闹。如此，那些田野里另外的热闹呢，如虫子的歌唱，如蛙鸣的喧闹，如庄稼拔节的声响，以及收割后的田地里那些粗犷而满足的笑声，只怕自此将销声匿迹，统统都将从原有的版图上抹去。

建筑工人们摘掉脑袋瓜子上沉重的头盔，陆陆续续地从被密密匝匝的脚手架包裹着的、好像一个长方形的铁笼子的楼层里钻出来了。而行政中心在建的建筑物看起来又像是一个庞大的蜂巢。工人们就像一只只辛苦的工蜂，只是现在天黑下来了，他们都急着飞回散落于四面八方的属于自己的蜂窝。他们流着汗水筑建的楼宇即使再宏伟、再壮观，终究不是他们可以栖息的巢穴。从工地前路过的牛们不是工蜂，但它们现在和工蜂的目的应当是一样的。广袤的田野也不是牛的归宿之所，那只是代表它们生存意义上的园地。披朝露而出，踏夕照而归，耕耘了一天，它们现在内心里渴望的还是那个虽说简陋却让它们眷恋的草棚。

我的目光一直在随着牛的行走而移动，脚步敲打在坚硬的地面上的那一种款款的节奏，把这一片黄昏的空旷叩响。我蓦地注意到，当一马当先的大黄牛踢踢踏踏地走过渐渐沉寂下来的工地时，它不由自主般也在那巨幅广告牌前停下了脚步。不得不说，画面描绘得的确是太美了：蓝天，白云，高楼，大厦，齐崭崭的规划里还不忘点缀上青翠的草地，成阴的绿树。我不知道，吸引牛牯的看点到底是什么，从它的眼神里我读不出答案。该不会就是城市的森林里那一小块一小块地铺陈的草地吧。草地，从来就是钢筋混凝土的世界里多么奢华的事物。也许它在迷惘呢，回家的路线图在它的眼里扑朔迷离起来了。也许它在担忧呢，漂亮的图画里已失去了属于它和它的妻子、儿女的家园，失去了能体现出它的家族生命存在意义的园地。

它一下子不知道该朝哪个方向迈出坚实而稳重的步子了。它在徘徊，倔犟的头颅仰天张望。它能看到什么？眼前是愈发浓重的夜色。

这时，老农人赶紧趋前，朝它大声咤喝起来。

夜色更加凝重了，远处被黑暗的手指迅速地拉近，面前的一切开始变得模糊、昏暗。我目送着牛的远去，它们的背影在夜色里越陷越深。

突然，我听到我的视线里业已消杳的牛陡然一声长“哞”，仿佛要将沉沉无边的夜空撕裂。

山村秋夜

这是一个睽违已久的夜晚。

三三两两的乡亲来过，抽根烟，喝杯茶，或者抿几口纯正醇厚的米酒，聊上几句家常，坐不过两三刻钟，就走了。山村里的人似乎总是这样，他们永远不习惯一坐老半天和你东扯葫芦西扯叶的。他们一坐下就仿佛浑身不舒畅，也许在他们觉得猫在椅子上时间稍长了，那全身上下的关节就会硌得身子酸麻酸麻的，还不如去田里土里忙活一阵，心里熨帖好多。我许久不曾回来了，屁股未曾落座，方圆几里的乡亲就知道了，不晓得那消息在其实很闭塞的山村是如何那么快得传递的。俟夜色弥深了，他们就会三三两两地来串门了。毕竟很久没有朝夕相处了，难免有了些生疏的成分在里头。于是，或问候几声，或闲聊几句，或根本没啥话题扯，抽根烟吧，喝口茶吧，抿杯米酒吧，就走了。或许，他们压根就觉得，人家大老远的回来一趟不容易，应该来看看，而见着面了且问候了，就犯不着再耽搁时间了。都好好的，有啥聊？

还有更重要的，我知道山村人的生活习性，劳作一天了，他们向来习惯早些睡觉。把自己大字般摊展在硬木板床上，呼噜呼噜进入梦乡，然后在第二天，干脆是在天色蒙蒙亮的时候，早早地起床，扛上农具，或牵上牛儿，上山下地，开始新的一天。

现在，我独自一人坐在窗前。时间并不晚，这个时候，城市的夜生活尚未开始，城市与山村不同，在山村夜深人静时，城市的眼睛却像猫一样雪亮。我知道，此时山村的眼睛尽管朦胧，其实她在静静地注视着她的村庄、树木、那条村落前绕过的溪流，以及她世世代代繁衍生养的子民，那么安详地沉入梦乡。那些梦中的呓语，细屑琐碎，汇成另一道溪流，另一片梦境，让山村为之激动、兴奋，且彻夜无眠。

虽已白露之季，秋夜的虫子们却不肯安宁，唧唧虫声烘托出一个宁静的夜晚。我熟悉它们的歌唱，不知疲倦，如记忆中儿时听祖母嘴里哼着的童谣，而我就在那轻轻的吟唱里露出梦中的微笑。虫声呢喃，在诉说着什么，还是唱给山村安谧的催眠曲呢？谁能破译？凝神谛听之下，感觉到仿如一个轻音乐团在我的窗前演奏，我好奇但徒劳地朝窗外探出身子，睁大眼睛搜索，却遍寻不见“乐手们”，只有美妙的音符竟然就那么活泼泼地跳跃着，就在我的桌子上，甚至在我的手指、笔尖上舞蹈。

窗外是一架瓜棚。我白天见过。篱笆桩上挂着苦瓜、冬瓜、丝瓜，地上横躺着几个大肚皮南瓜。瓜藤上的叶子开始染黄了，那是季节走过留下来的脚印。秋天的瓜棚自然不能说是生机茂盛，然而最富于收获的含义。现在瓜们当入睡了吧，它们没有理由不睡个大觉的，吸饱一季淋漓的阳光，它们将吮吸着晶莹的露珠醒来，迎接又一缕鲜红的霞光。

风无时不在，风是山村飘荡的梦岚。一轮下弦月在风的拂拭里冰清玉洁。山村秋夜的风，微带着凉意扑面而来，把我一季的湿热与躁动如流水一般漂去，宁静之水在心间波光粼粼，清冽冽地可人。风中偶尔飘过来一两声狗吠，把一方静谧脆生生撕开一个口子，又很快缝补上。吠声杳去，一切归于平静。仿佛那一池被秋风永远吹不皱的秋水。风呀，风呀，来去无影，在山村的夜晚，脚步匆匆，或从容，你带走了什么？你留下的可是后山果树里熟透的果子和坠落的黄叶？

远山的峦影在月色里若隐若现，而山村的宁静深处竟有如豆的灯光在明明灭灭，在夜色渐深，天籁俱寂的时候，我不知道，那如星光的灯火，在为谁闪烁。它明亮的是庭院里尘封的犁铧，和老牛的心事，还是那一把跃跃欲试的镰刀？而这么一想，我仿佛真的听见磨镰的声音在风里满野地传播开去，镰刀的语言让沉甸甸的弯下腰的稻子沉醉。

而田垄里成熟的声音汩汩流淌着，让我如稻子一般在这个山村的秋夜沉醉。

五月的坡地

一只鸟飞来，在坡地上悠闲地踱着细碎的步子，它用尖尖的喙啄理油亮亮的翅羽，五月的阳光便如水花溅开了过去。这是向阳的山地，如缤纷的油画，袒露在氤氲着泥土气息的阳光里。

此时，我不过是这幅画的读者而已。

父亲才是纯粹的主角。他荷锄走进坡地，阳光为他开路。和风轻飏，吹开父亲额头的皱纹，老黄牛迈着稳重的脚步跟随在父亲的身后，它不时甩甩大耳朵，甚至抑制不住兴奋地打着响鼻。也许，坡地才是它真正的家园。

父亲一脚踏进那块野草杂芜的耕种地，他甩开膀子，往手心里啐了一口唾沫，展开那双宽厚粗糙的手掌揉了揉，然后高高地挥起锄来，白亮亮的锄尖在他短促有力的“哼——哧”的鼻音里，飞快地深入到坡地，一声沉闷的撞击好像从地层深处崩裂出来。它宣告了一个季节的开始。

牛径自往坡地的低洼处不慌不忙地走过去，那里有一眼水洼，清亮亮地眨巴着眼睛。嫩嫩的草把坡地铺染得令人柔情百转，仿佛遍地都在流淌鲜绿的汁液。

我在坡地的边缘徜徉着。我想，我只能在坡地的边缘徜徉。我不过是坡地的匆匆过客，我思想的触角无从切入坡地，而思想的根系亦不曾在坡地纵深蔓延。我的脚印已从坡地出发，沿着那条曲折坎坷的野径，在山村之外蹒跚。

坡地曾经属于我的童年，现在只属于我的记忆。记忆中懵懂的孩子，总是在母亲的吆喝声里，百般不乐意地背着竹篮，牵着牛儿，慢腾腾地朝坡地走去。贫瘠的黄土地，常常填不满背上的大竹篮，又怎能牵得住牛儿贪婪的眼神？但割草放牧仍然是我日复一日的功课。薄暮时分，眼巴巴地盼来村落晚炊的第一声呼唤，回家的路上便定格了一幅牛背上蔫头蔫脑的剪影。以至于多年后，当我不止一次地阅读到类似的图景，在旁人啧啧地惊叹于画面中再现的所谓宁谧安详的乡村美时，我总是固执地认为，真正的美又岂能是色彩或镜头所能轻描淡写得了的，表现仅是一种手段，却不是骨子里的。那再也熟稔不过的一幕让我无心附和认同他人的欣赏视角，正如对某些见惯了灯红酒绿，却偏偏要打着“回归”的旗号去原始与落后的词语里胡搅乱挖一气，且做作夸张地来一通惊呼，发一通“哇塞，帅呆了”的现代式流行的感叹，我从心底里是不屑的。

尽管如此，我却无法在情感上拒绝坡地。譬如现在，面对我挥汗如雨的父亲，悠然自得的老牛，啾啾嘀鸣的小鸟，我能拒绝吗？我不知道，从坡地开始的足迹是否最终将回到坡地？

而艾蒿正在坡地上葳蕤着，挺拔着，在五月的天地间，艾蒿已不是草本植物的一个名词了，它是一种舞蹈，怀念的舞蹈，灵魂的舞蹈。五月的坡地自然不能生长渔歌子，却有荷锄的诗人、啁啾的歌唱和面朝黄土背负苍天的耕耘者，把五月的坡地诠释为油画，凝重、鲜艳，而生动，而意味深长。

邂逅桃花

这一树桃花仿佛在真真切切地告诉我，的确，春天早已来了。

久居闹市对于季节的脚步声似乎已难再静心捕捉谛听，被尘世烦嚣困扰，弄得某些感觉都迟钝了。这一树桃花静静地绽放在一方池塘之隅，当我散漫随意地沿着乡间野径走来的时候，这一树桃花蓦地向我绽开了笑脸，这一树的惊艳，使我冬眠已久的记忆倏地复苏了，久违的温暖如池中的涟漪在心间一圈圈地荡开来，荡开来……

当我驻足凝视这一树桃花时，我相信自己的神情是专注的，或许，这会令在田间地头忙乎农事的乡人哂之为矫情，但我分明觉得，有一种氤氲的情绪正在我的四周浓浓淡淡地铺垫着，置身其间，我看见一个背着草篮，赤脚走在桃树林里的孩子，他瘦弱的身影在桃树的茂盛处若隐若现。

老家的屋后便是一片桃树山，说是山，却不高，是江南随处可见的土山坡，绵延十余里长。山坡上原本杂草丛生，据说栽上桃树还是那个特殊年代的事，初衷乃培育炼钢熬铁的原材，如泡桐之类材质虽差但长得快的树木，山高水远的乡人以其农民式的狡黠偷偷地换种上了满山的桃树。俟树长大成材了，那个特殊的年代也已一去不返，便留下了满山的桃树满坡的果。临劫而逃，不知这算不算是桃树的幸事，从这个意义上来说，逃之夭夭为桃之夭夭的演绎，信乎？反正，桃树山带给了人们欢乐，是的的确确的事，把我的童年更是滋润得芬芳流汁。

所以，当我邂逅这一树灿烂的花事时，心，便情不自禁地回到了故乡的桃树山，思想的触角向记忆的林间蔓延着，沿着那一条熟稔如归家之路的野径……

脚下是松软厚实的黄土，踩上去便留下浅浅的脚印，有一种在南方的雪地上款款而行的感觉。当桃树枝头缀上嫩嫩的毛茸茸的芽苞时，你就看到了春天的色彩与形状，在寒冷中破茧而出的生命，娇嫩得少不了阳光暖暖的呵护，更少不了春雨绵绵的滋润。俟花骨朵竞相怒放，满山的桃花宛若绽开在青山绿水间的朵朵笑容，粉红的白色的笑容，缤纷地诠注着春天的笑容，把一个蹑足而至的季节渲染得生动鲜艳，纯美柔情，好像容不得半点纤尘的亵渎。一只不知名字的小鸟飞来，一阵悠扬啼啭的鸟鸣在花间清脆地溅落，又袅袅地回荡于春天的时空。

最难忘的自然还是果熟时节。绿阴遮天盖地，熟透的桃子挂满了树，压弯了枝，伸手即摘得到，把馋嘴的孩子勾得口水直流眼睛发呆。但有守山人，轻举妄动不得。其时“山规”极严，也有趁夜色上山偷桃的，被抓到了，需低眉顺眼地作检讨并接受罚工（以工代钱之意）。对于孩子们来说，相对而言宽容些，故他们往往以扯猪草的名义潜入林里，乘机饱饱口福是常有的事，胆大的偷了桃藏匿于猪草中回去慢慢享用。

那时，我最喜欢瞅准石头哥守山时去偷桃，石头当然是小名，初中生，极好读书，记忆中他那时一身的书卷气，长相清秀，说话细声细气，每每出完工，就躲在房里捧着书本痴读，煤油灯总是亮到三更半夜。

让他守山，真是给了他一个读书的“桃花源”，他就坐在桃树下，专心致志地在另一个世界里神游。偶尔见了孩子们偷桃的小动作，也不像其他人那样如赶偷食谷子的麻雀般吆三喝四，只微微一笑，露出两排洁白的牙齿，继续埋头看他的书。

他终于在恢复高考的第一年考入了省城的学府，成为村里第一个“状元”，这是后话。他孜孜以读的神情却自此在我幼小的心灵中刻下了一道磨不灭的风景。

但桃树山在苍郁了两个年代后终究没有逃脱毁灭的厄运，村子在重新调整自然行政区域时，桃树山成为三个村民组的共享财产，由于管理上的矛盾，更兼山村人狭隘的利益观念，竟使村人群起而毁林，将一棵棵枝繁叶茂的桃树挖出来分光了事，拖回家去劈作柴料。难道这是生命的轮回吗？起点与终点之间演绎出一个悲剧性的过程，我不知这是桃树的悲哀还是人的悲哀。又到当年果熟时，不知情的人们兴冲冲地从四面八方奔着鲜红的桃子而来，却一个个惋惜地空手而去。

曾经的桃树林也许和我现在面对的这一树桃花一样，只不过是我人生旅程中的一次邂逅。一朵桃花在记忆的林间灿烂甚或凋谢，不正如人生的许多片断一样吗？邂逅也是美丽的，毕竟意味着曾经拥有过。人生的精彩往往体现在某些细节的地方，像满山满坡桃花中的一棵，像每一树桃花中的一朵，像每一朵桃花中的一瓣。

更像蓊蓊郁郁的桃林间那一幅凝神默读的剪影。

心中总有桥

家乡的那座石拱桥，自我懂事时候起就如一弯新月，卧在我的心上，多少年过去了，这座没有名字的古桥依然像一道弧光，将我，与我那些逝去的岁月，以及我对故乡的眷恋，丝丝扣扣地焊接起来。石拱桥坐落在村子口。那曾经是进出村子的必经之路。现在村道一下子多了起来，宽了起来，甚至修筑了钢筋水泥混凝土构造的路和桥，石拱桥的紧要性似乎已渐渐淡出人们的视野。早一向回家，我站在老屋后的山坡上远远地瞩目石拱桥，看到夕阳西下里，那一个苍老的身影，一如老者佝偻的腰，显出几分落寞来。我仿佛看见祖父正从石拱桥上一步步远去。那是我记忆中多么熟悉的背影。

的确，石拱桥在老去，我们身边的一切，包括日子都在老去。而我关于石拱桥的记忆却好像总是被谁的手指不经意间就点亮。看来一个人的某些回忆是不会因为时间的衰老而黯然失色的。

小时候曾经趴在桥上琢磨着，笨笨重重的石头怎么就能弯成一座桥呢？有关桥的知识的匮乏，让懵懂的我只能想象一个这样的场景：几十块大麻石凑到一块，由数双力大无穷而又灵巧无比的大手按一个先后次序调摆一番，在大家伙一声“起”的号子声里，一座桥垒起来了，一个奇迹诞生了！长大后才了解到建造一座桥的学问真是不知要大到哪里去了。不独人类的智慧在一座座看似或简陋或雄伟的桥上得到了阐释。早几天从电视上看到，有一种蚂蚁在身处被洪水包围的险境时，也能利用自己的身体搭桥自救。这个自然界的奇特现象，让我感触良多。桥可以说是生命的延展，远不是文人墨客笔下那种装饰或点缀。

“桥”原本就是一种高大的树，正因为其够高够大，砍下来就足可架放于水面，就这么地缝合了此岸与彼岸的翘盼。是为独木桥。作为一种用来跨越障碍的构造物，人类历史上的桥，在承载一个个时代前行和见证一段段历史沧桑的同时，也衍生出了一组组优雅的词语，“长虹饮涧”“卢沟晓月”“小桥流水人家”……演绎出一道道人生旅程中美丽的风景线。

家乡的石拱桥给我和我的村庄铺就了一条走向山外的曲径。当我从桥上离开村子，一步步远离家乡之际，古老的石拱桥从此在我心底占据了一角抹不掉的位置，桥头上一株永不开花的石榴，暮霭里的吠犬，踏着炊烟而归的老牛，绘成桥边独有的一幅素描，永远挂在我空旷的心空里。是否可以这样说呢，怀揣着家乡的石拱桥，我游走在人生漫漫的旅途上，我倍觉一份踏实。那不仅仅是一种游子对于故园的依恋情怀，心中有桥，我可以从容地从桥上走过风雨春秋，不惧艰难险隘。一座朴拙的石桥告诉我一个朴素的道理，所有美好的憧憬从桥头开始，更美的旖旎的风光总在桥的前面。

确实如此，我们每个人的心中都不能没有桥。其实，每时每刻我们都走在自己命运的独木桥上，只有走过这座属于自我的“本我之桥”，才不会迷失自己，才不至于放弃自己。我们的心中当然还有着一座紧挨一座的桥，不排除有这种种的可能：当我们被厄运摆布近乎绝望之时，当我们面临挑战而退缩怯懦之际，当我们迷失方向而感到无助无力之间，心中的那一座座桥便会让我们走出“山重水复疑无路”的困扰，而在我们眼前展示又一片“柳暗花明又一村”的惊喜。其时，当你抚平心中的伤痛而回首，看桥下潺潺的流水，听鸟儿婉转的吟唱，你会想，“桥”这个优美的名词，又岂是只言片语便可说尽其意蕴的呵。

不是吗？心中总有桥，桥总是卧在我们的心上，成为一道生命的风景线。

阳光开满山坡

推开村子的后窗，就看见了山坡。

山坡总是站在村子的后面，不，村子老是依在山坡的臂弯里。山坡的怀抱仿佛就是为了村子而张开的，把高低错落、无规则地散布在池畔溪边、树阴山脚的村舍一一地揽在她绵延的怀里。

山坡有个乡土名字，叫野鸡坡。听起来有点儿不雅，无雅之中却实实地蕴藏着一种大雅，我觉得这才是我对山坡最深刻地阅读与体验后得出的认识。不是吗？与巍峨、与峻峭，甚至凡与山有关的诸多形容词都挂不上钩的一道山坡，在我眼里，她更像一只满眼柔情的母鸡，最大限度地舒展开她的翅膀，把一个个孩子揽入怀里，为他们筑起一道温暖的屏障，为他们遮风挡雨。

小时候，野鸡坡在我眼里不过是一个山村里随处可以捡拾到的地名，和什么鹰嘴岩、牛头岭之类的挂在乡人嘴边的地名无异。而如今，野鸡坡在我心里竟然充满着温馨，使我对她分外怀想，满怀依恋。

我不知道，人是否会随着年龄的增长，而对过去或者往事渐渐地多一份眷念，滋生几缕怀旧的伤感，我对于山坡的眷恋，也许正是因为我更想重新来感受和认知她吧。记忆中业已模糊的那片山坡，已被时光的手指摩挲得仅留一道迢遥的背景，她不曾给我童真的心灵里带来过磨不灭的快乐，所以我无法以幼稚而纯净的视角去阅读和理解记忆中的渐行渐远的山坡（那对于当年的孩童而言恐怕是一种苛刻了，或者原本就是一种矫情了），当我漂泊的心和流浪的脚步在冥然间向山坡走近、回归时，我终于悟出，离开了，失去了，才能明白一些什么。

山坡的确不曾赐予我色彩缤纷的孩提时代，她只不过是南方密布的丘陵地带里，一块永远也载入不了哪怕是小小地方志中毫不起眼的一角的坡地而已，但这绝非使我因此而伤感，现在我怀着恬静的心境远远地走近山坡，我看到她朝我张开了臂膀。仿佛看到了年老的母亲守候村口谛听儿子回家的脚步声时那翘首的身影。

于是，我的心间溢满了迫切和温暖，这是一种情感的皈依。山坡上洒满了阳光，我头顶圣洁的光辉，跳跃的脚步一路把阳光踏响，自己其实是多么幸福的孩子。我不知道自己长大以后，为何会这样依恋和眷恋村子后面的这一片山坡。

月上眉梢

看看夜色已浓，便下楼去，想着楼前的坪里只怕早已淌了一地月光吧。中秋之夜的月色往往是最慷慨的。

但哪里有半点月光的影子呢，比巴掌大不了多少的水泥坪里，空空如也，摇曳的只不过是人家窗子里泄漏出来的零零碎碎的灯光，和灯光里斑斑驳驳的树影。四周远远近近耸立着的楼房，黑幢幢的，将我眼前的这块地坪围坐成了一方天井，比巴掌也大不了多少。天空呢，钢筋水泥的城市森林里，目光被硬生生地锯断，天空被硬生生地切割成豆腐块。我觉得自己是一只俗话中的青蛙，攀在井沿上狐疑地望着黑压压的天空，难道今夜无月？皓月当空早已成为中秋夜的标识，没有月亮的八月十五，还能称作中秋节吗？

说起来这只不过是一个私自的念头罢了，自然界的现象肯定不是哪个人的意愿能主宰的。譬如月之阴晴圆缺，它断然不会因你心情之好坏喜恶而改变。现实突兀得哪怕再让人措手不及或难以接受，你也不得不面对。譬如眼下我恐怕就得直面今晚不能一睹月宫里嫦娥的绰约风姿了。

即或心下悻悻然地，月亮也不见得就会突然从楼顶上向我探出半个笑脸来。赏月是雅事，我等寻常百姓原本无意附庸风雅，而在这个乡情亲情馥郁芬芳的节日里，我们内心深处其实早已习惯了那一轮明月相伴相照，随影随行。离乡的游子举头望月，仿佛听到了家乡老母亲就在月下唠叨着。那一畦的虫鸣，听起来竟然也有了乡音的味道。

手机遽然响起，友人在东山脚下大呼小叫，月亮挂到眉毛上了，你还不过来它就眼看落到后脑勺了。他的语气还真有些急促。噫，新鲜的讲法，平时我们都说太阳晒屁股了，第一次听到月亮挂在眉睫。我抬头望望天，依然不见月亮的影子，寥寥三两颗星星在黑咕隆咚的天幕上隐约着而已。但此时我宁愿相信月亮真的已经踱步到了东山那边。

东山并不远。在小城的郊外，不过刻把钟的车程吧。可这短短的路途却足足耗了我半个小时又八分钟。是的，我留意了下车子仪表上显示的时间表。我还特地选了一条平时还算通畅的路线。绕过了平日里喧哗的车站路，避开了拥挤的东风路，我走的沿河路，是新修筑的，铺了柏油的路面光滑平坦。更主要的是平常车辆少，而今车满为患的城市显然不只是北京、上海之类大都市了。实在不好评说这究竟是好还是坏。可偏偏今晚奇了怪了，沿河路如水塞不通，车子只能一步步地往前挪，看着散步的行人一个一个擦车而过，脚下轻快地走到车子前头去了，有的还不忘朝车里瞥上一眼，目光里有些得意或者幸灾乐祸的意味吧。堵车的感觉颇似鼻塞，虽说没有喷嚏横飞与涕泪俱下，心情不爽却也是无以复加的境地。好在我稍一仰头，就看到一盘亮晶晶的圆月挂在半空中。

站在东山脚下，一望，果然一轮明月风致楚楚地正悬在山巅上。山并不高，海拔不过四百来米吧。山脉却绵延着，宛若一条卧龙。看不见龙的首尾在哪里，只觉得山势逶迤不知其起始，黑黝黝的东山在月光下反倒显现出它的巍峨与神魅来，尽管它的确算不上峻挺峭拔。横亘于眼前的这一道目光逾越不了的屏障，让我不由得冒出一个念头，山那边是什么？我当然知道山那边其实有田野，有村落，有小河，也有鸡鸣狗吠，但我不晓得自己怎么会钻出那种明知故问的疑问来。我不知道山那边是否也有人像我这样子臆想。要是月亮能真的挂到人的眉梢上，那山里山外肯定就看得一清二楚一览无余了，犯不着胡猜。可月亮现在正挂在山的眉梢上，它犹在慢腾腾地往山的头顶上挪动着。

这里真静寂。是虫子轻轻的吟哦不会惊动的静寂，是山风倏忽拂过不会吹皱的静寂，是山脚边农舍里温暖的灯光也不会唤醒的静寂。静寂无边，无边的静寂里，我沐浴着皎洁的月华，呼吸着秋季的泥土里散发出来的，那种特有的微微沁甜的气息，在如水的月光里抖落一身的尘嚣扰嚷，神清气爽得直觉自己哪怕马上行囊空空地踏上旅程，心里头却了无一点空荡荡如无根飘浮的忧虑。想想一曲《月亮之上》唱得那么让人心气腾腾，“我在仰望，月亮之上，有多少梦想，在自由地飞翔”，你且慢笑我的迟钝与颓废吧，我不反感世人的心灵张扬，可我现在只想享受这无垠月色里的无边静寂。

还有谁和我一样任自己的思绪在今夜酣畅淋漓的月色里徜徉？我的目光停留在山脚边的一棵树上。那是一棵黑松，本地没有的品种，它被人从黄山上千里迢迢地运送过来并被栽植在东山脚下，与它一起背井离乡而来的只怕不下几百棵吧，我看到它们一行行一列列整齐有序地站在月光下。这却是一个被强迫迁徙的群体，看上去挤挤挨挨的一大片，但我似乎感觉到了每一棵树的孤独。当然，它们不是无缘无故地从名山大川流浪至这处完全陌生的野岭，自踏上异乡之旅，它们就被贴上了商品与利益的标签。于此，我不想去徒劳地妄议。现在吸引着我，并撩动我情怀的是月光下的这一棵黄山黑松。确切地说，它是一棵正一步步滑向死亡泥淖的树。我看到了它的身体上有两根枝条已褪尽喻示生命蓬勃的青翠，针叶尽显枯黄之态。朋友告诉我，这种树一旦出现哪怕是一枝枯槁的情形，也必定回天乏力。我听了，心里不由地“咯噔”了一声，我没想到，一棵在崇山峻岭中那么恃雪傲霜的松树，其生命竟然会脆弱到这般地步，是因环境而异，抑或是本质使然？我不得而知。眼前一个残酷的现实已经不可避免地摆在它的面前，谁有妙手回春之术？对于一棵黄山黑松来说，那已是多么遥远的奢望。一定是今夏连续四十余天烁石流金的高温天气埋下的祸根，火伞高张之下，多少生命的舞台甚至来不及打开就不得不谢幕。朋友介绍说，这一片地里移植的几百棵树中有近六成将成为烈日杲杲的牺牲品。我一时哑口，默然。

月亮泊在疏疏的枝丫间。我慢慢趋近那一棵黑松，它并无直指苍穹的那种挺拔，弯弯曲曲的遒枝中透出苍劲，如虬龙盘踞，我看到了大自然的鬼斧神工在它的身体上留下了奇特的痕迹，没有一丝一毫人工雕镂的生硬与讨巧的刻意。它墨绿色的松针一根根舒展着，似乎在尽可能地伸展开手掌要将那如水的月光一把牢牢攥紧。我相信月亮温润清柔的光华照亮了一颗渐行渐远的魂灵。静谧的山坡上，今夜的月亮犹如挂在树的眉梢，又将定格在谁凄婉凝重的眼眸里？

踩着一路清冷冷的月色，和一缕被薄薄的露水打湿的缥缈的心绪，我和友人途经一户人家。一对朴实的农家夫妻热情地招呼着我们坐到他们家的地坪里，农家大哥憨厚然而不无幽默地邀请着，道："来坐坐吧，晒晒月亮。"大嫂泡上了一杯清茶，又摆上来一碟切成小块的月饼。呵，"晒晒月亮"，弯弯的月亮挂在男女主人的眉梢上，月光银色的足迹爬满地坪。山风徐徐，屋子前蓝幽幽的池塘里波光粼粼，像天上的月亮冷不丁地跌落水中，迸溅成无数双闪烁的眼睛，亮晶晶地笑得弯成了无数个月牙。

友人煞有介事地说，人们都在盛传，下次月亮出现如今晚这般最圆的时候得候上个十年八载的。我想，不论是否有足够的根据，我们都大可不置可否，其实只要自己的心空中永远悬着一轮明月，那么在任何时候月亮都挂在我们的眉梢上。

圆润，明亮，真实，伸手可及。

第四辑　回忆是思念的帆

芭蕉

在孩提时的记忆中，第一次听到与芭蕉有关的是祖父给我讲的孙猴子三借芭蕉扇的故事，当时想象着芭蕉扇一定是把很大很大的扇子，比奶奶手里摇晃的老蒲扇不知道要大多少，不然的话，怎么能扑灭火焰山满山的大火呢？我幼小的记忆里第一次见到芭蕉则是在外公家的屋后，对那株高大的芭蕉印象深刻。看到了它比大人还高得多的粗大的样子，尤其是它那椭圆形硕大无朋的叶片，其时，我才对于铁扇公主的芭蕉扇的形状有了个大致的概念。也许又是因了《西游记》里的那个神话故事，不由得对芭蕉增添了几分好感，心里面已是认定它的奇妙了。芭蕉在乡下并不是稀罕之物，但奇怪的是它在人家的房前屋后却不多见。我家里就没有。便缠住祖父刨根问底，为什么我们家不栽上芭蕉呢？祖父是那种没好气的回答，这种东西没啥子好的，当不得柴烧，当不得饭吃。芭蕉也会结一种果实，我曾偷偷地品尝过，苦涩涩的，吐都来不及。难怪人家房前屋后多有枣树、梨树、桃树，以及高大的柚子树，偏偏鲜见芭蕉。心里想，外公家后面的那棵芭蕉，幸亏是生长在烂泥塘对岸的塘畔边，人们难以够得着的地方，也没有碍人家什么的，不然，只怕早已被砍掉了。

父亲兄弟四个分家几年后，我家才从祖屋里迁出，在后面的黄土山坡上新建了房子。土砖青瓦的四间平房，一厅一堂，两间偏房。房子不宽敞，却足够住了，比老屋亦是好了不少倍。关键的是房前屋后的空坪隙地宽阔了好多，不似以前大家庭近二十口人都挨挨挤挤在一块，养只小鸡都没去处。寒假里父亲便带着我们兄弟俩房前屋后地忙着栽树。一座房屋是少不了得有树的。这在乡下人的心里面算得上是普遍的认识。屋后多是栽杉树，这种树材质好，当房梁，做家具，都行。门前栽了一株桃树，一株枣树，桃子、枣子可是孩子们解馋的好东西，还有两根楠竹，楠竹成材快，可以请来方园十里闻名的曾九篾匠编织成箩筐、筛子、背篮、山扒子之类形形色色的家用工具。当然，让我有些意外的是父亲竟然在屋子前还栽了一株芭蕉。大人半高吧。我特意站在它面前比画了一下，和我差不离的高矮。

我没探问过父亲为何栽上这样一株“当不得柴烧，当不得饭吃”的植物，小小的心里只是充满了对它的喜欢和期待。因而我对芭蕉倾注了格外的关心。譬如说，在炎热的天气里我会记得给它浇水，怕它渴死了；譬如说，我会从野外拾回来一大坨牛屎堆放在它的根部，给它增肥；等等。我其实不知道自己的这些举动对于芭蕉的生长究竟有多大的帮助，不过是学了大人们种菜的举动。反正，那棵芭蕉长势喜人，越年即已高出了我足足两个头。用我在村完小的课堂上捡回来的词语来形容，也许真够得上“茁壮成长”的讲法。

使我更为欣喜的是它的绿阴如盖。流火的夏夜，忙碌了一天的母亲此刻收拾停当，将竹床子往芭蕉树下一摊，我们兄弟俩便立马爬上去一人占据一头躺下，母亲自己则搬条木凳子坐在旁边，手里一把老蒲扇轻摇，为我们扇凉风和驱赶讨厌的蚊子。我们常常是或者数着天幕上怎么也数不清的星星，或者听着母亲轻声哼唱的民谣，和讲着不知重复了多少遍的老掉牙的故事，安然入睡。母爱宽广的怀抱和芭蕉叶宽大的荫凉，一起为我的童年撑开了一片绿郁郁的梦境。

萤火虫提着灯笼在漫山遍野寻找着什么？屋子里那盏如豆的煤油灯至今让我倍觉温馨。

下雨的天里，我会倚着门框呆呆地看着雨珠清脆地打在芭蕉叶上，而叶子总是昂扬着不肯低头，雨珠只好不甘心地跌落下去。这真是个有趣的场面。目睹着雨珠子仓皇的样子，我在心里暗暗地为芭蕉叫着好。看到又一滴豆大的雨珠滚下去了，弟弟会在一旁拍着小手嚷嚷，又掉了，又掉了，或者像乘凉的夜晚里老是数着星星那般，一，二，三，四……当数来数去，怎么也数不清时，便又重来。单调，在那时候却给了我们不一样的乐趣。某次，弟弟发现新大陆般指着芭蕉对我说，看，快看，雨打一次，芭蕉就长高一点呢。我顺从地一瞧，呵，还真有那么些味道，当芭蕉叶摆脱掉雨珠的重压时，一扬头之际便仿佛往上使劲地蹿动着它的身子。许是自幼即受当教书匠父亲潜移默化的熏陶吧，少不更事的弟弟懵懵懂懂间竟然脱口而出：“雨打芭蕉节节高。”说完，他歪着脑袋瓜子，一脸得意地看着我，而我却忸怩半晌也无从接上下句。

时光也是芭蕉叶上跌落的雨珠，一经落地，倏忽间已了无踪迹。多少年后，我回到老家时，发现屋前那株高大青翠的芭蕉已不见踪影了。而那个天真无邪的少年呢，在他十四岁的时候因一场恶疾去了人间之上的天堂，不知道那里是否也有一株芭蕉在葱郁着他的日子。

我想有的。一定有的。

遍地野菊

野菊花开的时候，山坡被遍地的菊花铺染得满野冷艳。

野菊是山坡上多得似乎有些泛滥的缀饰。举目之下，争相在我的视野里怒放、摇曳，让人无法拒绝。一簇簇，一丛丛，或者干脆就是一大片一大片地蔓延到你的眼前，好像要爬上你的脚背，把你包围起来。这时，我流连的脚步在野菊的缠绕里不由地放慢了节奏，变得拘谨而小心翼翼，生怕一脚下去就会扰乱或践踏了那一地的清梦。

的确，野菊是山坡绽开的一个缤纷的梦境。野菊开放的声音一直萦绕在我的脑海里，在我记忆的林间。遍地的野菊，使我自小就有了这样的概念，野菊才是乡村特有的，才是属于山坡的。我不知道没有野菊的乡村会是什么样子。野菊是我最早认识的花朵，就如水稻是我记忆里最初的植物一样。

而今在城市里遍布的或大或小的茶水吧里，菊花茶堂而皇之地与龙井、铁观音之类位列一起。记得头回泡茶馆，一看到单上“菊花茶”三个字时，我毫不犹豫地点了它，正准备向我隆重推荐各式各样香茗的侍者只得欲言又止地微笑着退了下去。茶上来了，顿令我几许失望。不过是三四朵干瘪瘪的菊花，了无鲜润的色泽，上面浮着几粒鲜红的枸杞，似乎是为了做些衬托或者弥补，试着抿上一口，显然还是加了冰糖的，原想啜饮品酌一番那久违的原汁原味的芬芳，而眼前这杯价格不菲的菊花茶，却让我难以如愿。经过了若干工艺制作、包装的东西，并不见得就比原本的一定上乘，菊花茶可不是一道能由厨师挖空心思拼凑出来的色香味俱全的菜肴，它其实不需要炮制加工的过程，更无须红的枸杞与甜的冰糖来缀饰。商业气息充斥的茶吧一隅，我固执地这样想着老家山坡上那遍地的菊花。

原来山坡上野菊的芳香已那么深刻地浸淫于我的骨子里了。时光的流逝没能冲淡它的味道，犹如一杯酽茶，在袅袅地散发着醇厚绵长的芬芳。

记忆中最难忘怀祖父喝菊花茶的神态。正是野菊漫山遍地绽放的时令，劳作归来的祖父小心地从衣兜里掏出三五朵野菊花，白色和黄色的，但并未完全绽放，呈半闭半开状。祖父把它们放进青花瓷的茶碗里，然后徐徐斟入开水，不需多久，碗底的菊花竟渐渐舒展开一片片花瓣，且缓缓地向上浮起，直至如一朵朵水莲漂游在水面上，丝丝缕缕的蒸气若水雾，几朵小小的菊花竟然就把一碗清水变成了夏日清晨的荷塘一角，让人陡生几分宁静。在这恬淡的静谧里，祖父再次端详着手中的菊花茶，然后“嗞嗞”地喝了一口，却不着急咽下去，微眯着眼，抿紧唇，一副细细品味的样儿，吞下了肚，轻吸一口气，还要很响地砸吧两下嘴巴，这才喝第二口茶。他喝茶的声音大得有些夸张，好像不如此，则不足以表明那茶真好喝。祖父说，喝菊花茶消困解渴，清热祛毒，我没有考证过菊花的这些药用功效，但我却为祖父喝茶时那怡然自得的神态而陶醉。因此，我从小也学着泡菊花茶喝。第一口喝下去，味觉微苦，之后，我如祖父那般砸吧着嘴，竟品出了一丝清清的甜，当时心里很兴奋，为自己的体味和发现而高兴，捧起茶来再低头嗅嗅，一股芳香扑鼻，沁人心脾。那香，比正在盛开的菊花散发出的香更悠长。但祖父却不准我多喝，他说凡事都有个度。

祖父去世时，恰是野菊吐蕊的秋季，他走后即安葬在那块向阳的坡地里。遍地的野菊陪伴着他老人家。

每次回到山坡，我总要静静地蹲在一株野菊旁，在注视之中与野菊进行无声的倾谈。注视，其实是一种情感的交流，把我无声的语言静静地输入每一丝花蕊，每一片花瓣，每一茎或每一叶，在徐徐而至的微风里，我仔细阅读菊的动人表情，感受于不知不觉之中与之相通的融洽，而无言注视的宁静，分明让我觉得尘世的喧嚣在一点点净化，心灵里簇拥的分明是遍地野菊。

一株野菊，难道仅仅是一株野菊，就可以优美地侵略并且占领我心底那一块最真实与质朴的领地吗？飒飒傲霜的野菊，让我的情怀那么脆弱。

瓷器人生

我们总是习惯于为生命的坚强而歌唱，可有时候，生命脆弱得不堪一击，像一件雕琢精美的瓷器，哪怕是不经意间轻轻的撞击，它也会摔个粉身碎骨。我们身边其实经常上演着这样的话剧，但每个人都在思考着、忙碌着将自己的人生雕刻得更加生动而完美，所以，人们往往有充足的理由漠视生命的脆弱。就好像我们可以看不到脚底的一棵草根，任它生命的高贵与卑贱，在岁月的脚步里生长、抽芽、腐朽。

人生如一坨坨泥巴，摆在我们的面前，想想吧，我们要怎么样将它雕琢成精巧漂亮的瓷器。我们都是自己的雕塑者。当然每个人的理念、技艺以及环境迥异，最终我们会雕刻出形态不一的作品。或许粗制滥造，或者炫目夺人，有的甚至被我们自己亲手打碎。也许我们更在乎的应当是人生雕琢的过程，结果不过归结于一个句号而已，句号不过是代表了生命的终结。

阳林算得上个用心雕刻自己人生的人。不仅我这样认为，认识他的朋友，或者听过他弹吉他，或者看过他打篮球，又或者见过他的根雕，还或者说阅过他的书画的人，肯定都会这样认为的。就是这样一个身高一米八多高大魁梧的中年汉子，一忽间被病魔击倒了。一种现代医术似乎也束手无策的顽症，使他原本应当越来越精美的人生连载倏地断裂，且再无续编。记得一个星期前的周日，我和友人去他家里看他，浓密的一头有点自然卷曲的黑发不见了，整个人消瘦了一大圈，然而气色尚好，短暂的交流里，对于让我们讳忌的事情，他却显得异常淡定，是时，看他那和往常一般说话不急不缓而嘴角依然挂着淡淡微笑的样子，我暗想，人生总是充满传奇的，奇迹说不定真能在他身上诞生。尽管我们的安慰苍白无力，但我心底的确坚信他会与灾难的命运有得一搏的。可仅仅过了五天时间，第二周的星期五晚上，我从文艺界的朋友那里得知，他竟然匆匆走了。我倍觉意外，不敢相信自己的耳朵。但已是老天爷也不可挽回的现实。我仿佛听到一根琴弦崩裂的脆响，看到一件尚未成型的瓷器遽然碎裂，从此再也无处可觅那个熟悉的身影。

他曾经是我的同事，捧着同样的职业饭碗谋生。工作只不过是构成我们生活的一个部分，却不是我们人生的全部诠注。说实话，我觉得透过职业本身之外的东西更能比较全面地、客观地了解和熟知一个人，譬如对阳林的认识。他有棱有角的性子，却分明是个敏感而多思的人，他的心智才情表现为心灵手巧，文化底子也许并不深厚，但弄什么像什么，爱好极其广泛，十天半月见面一聊，他说不准就鼓捣出一些新鲜玩意来，一件根雕，一张字画，或者从哪个旮旯里淘来的一样旧物什，让你眼前一亮，让人不由得暗叹，这家伙真是有些怪才的。作为吉他协会掌门人，他的弟子不说三千，三百个恐怕远远不止。去年暑期，我读初二的儿子突发兴致跟他学起了吉他，而这个暑假刚来，听到他去世的消息，儿子惊讶得半天合不拢嘴。

命运就是这样捉弄人，生命就是这般脆弱。这是不争的事实。我不敢妄加评说其人如何长短，但我可以肯定地说，这是个多么热爱生活的人。因为他有那么多大雅大俗的爱好与追求，他仿佛一直在不停地转动着他人生的车轮，如果不是心中充满了一种对于美好的向往，我想，谁又能做到那样专注地投入纷纭的生活之中，并且把他的精神生活诠释得斑斓多姿呢？遗憾的是我的确不曾探究过其人的内心世界，但我想，他其实是在用心雕刻自己的人生。这是毫无疑义的。

尽管生命有时候脆弱如瓷器，呈现在世人面前的活色生香，终将成为一个瞬间的展示与记忆，可人生毕竟不是一件瓷器，雕刻人生的过程未尝不是一种贯穿始终的享受，是的，我们不可以去质疑瓷器碎裂的意义何在，重要的是我们曾经爱过、恨过、悲过、喜过。我相信，在另一个世界里，阳林已经开始了他另外的雕刻。他忙碌的身影一如从前。

水·火·酒

有人说，人生不能没有酒，否则便少了几分空灵，几分色彩，几分惬意，几分诗情。

闻得此言，我心里暗道一声惭愧，本人素不善饮，尽管生得一副看上去喝个三五两也不在话下的“臭皮囊”，兼之夜深人静时喜好信笔涂鸦，久之乃被圈内圈外朋友视为所谓的“半拉子文人”，是以每逢酒局，没几人相信我真是喝不得酒的，他们自有十分的理由，一则五大三粗的男人家能不喝酒？二则自古以来哪个文人骚客不都是喝酒的祖宗爷？我真是百口莫辩。一两乡下米酒足以将我放个四脚朝天那可是铁板钉钉的事实。难免碰到场面上绕不过避不开的酒事，直让我坐不安宁，吃不安心，心里便无端羡慕起那些来者不拒千杯不倒的“酒神”“酒仙”来。譬如《水浒传》里好汉武松豪饮十八碗擒大虫，鲁智深乘着酒兴倒拔杨柳，李逵大碗豪饮闹赌场，等等。真如作者所说，益醉益有本事。刘欢的那一曲荡气回肠的《好汉歌》在我看来，其实演绎的不就是一首风风火火的“酒之歌”吗？

对于酒文化虽然没有更多的了解，但对诗人艾青说的“酒具有水的外形，火的性格”却是印象颇深。寻思良久，我觉得他真是说得入木三分。常言道“水火不相容”，世界上也许唯有酒这东西才能将势不两立的水与火如此完美地揉融起来。看似无常形之态的水，实则蕴藏了一股绵绵不绝的力量，所谓“抽刀断水水更流”，可见试图改变或者掌控它的强大的外力在水面前也只能徒唤奈何。《红楼梦》里说女人都是水做的，以我的理解恐怕绝非是那般简单地说女人似水柔情的一面，女人骨子里的那种从不轻言放弃的韧性，敏感而柔弱的外表下那颗顽强的心灵，恰恰是一滴水折射出来的精气神。而火的心是躁动的，它会燃烧一切，毁灭的同时则意味着新的孕育，譬如“凤凰涅槃”说的就是一只丑陋的神鸟经历烈火的煎熬和阵痛的考验而成美丽的凤凰。作为纯粹的自我，火象征的则是一种超然的态度，在火的燃烧中我们可以看到不畏痛苦、义无反顾、勇于追求的执着。也许正是因了依赖生命中最本质的精神，存在着极大反差的水与火这两种意象，却通过酒这一种特殊的物质使它们如两性一般相互交融，构成一个个动人的故事，为我们呈现出生命艺术的丰富多彩。

酒真是个好东西，这是祖父经常挂在嘴边的一句话。在遥远的记忆中，我对祖父喝酒的那份形态印象深刻。祖父一副直肠子性格，做事风风火火，在喝酒这档子事上，亦是痛饮快哉。作为有着十来张嘴要吃喝的大家庭的主心骨，祖父肩上压着沉重的生活重担，许是喝酒能让他释放更多的心理负荷，往往劳累下来，他便要倒上满满一海碗酒，或慢斟细酌，或三下五除二地痛饮，每到微醺时，唱木偶戏出身的他独自击掌而歌，来上几嗓子。然后，似乎浑身的疲劳就烟消云散了。喝酒当是祖父最大的享受。我见过他在大雪纷飞的天气里，咕噜咕噜往口里猛灌上几口酒，就赤膊下水捕鱼。让站在岸上的我看得牙齿梆梆地敲个不停。祖父活到八十有五的高龄，他一辈子没有离开过酒。我想，真得要感谢酿酒的祖师爷杜康，如果说没了酒这个东西，我不知道祖父是否还有那样一股子精气神拖带着一大家子十多口闯过风雨飘摇、动荡艰难的岁月。

酒无言，却充满灵性。一杯酒，就是一种人生。人生如酒，百味其中，酒如人生，有涩有甜！酒让人参透人生悲凉，在清醒与迷乱中苦熬岁月；酒让人明白世间真情，人生因此而变得清澈、厚重。在芬芳四溢中，举杯推盏，酒酣耳热之际，掏出的是肺腑之言，流露的是真实性情。一分酒兴，一份豪情，让我们在水的汩汩流淌与火的熊熊燃烧中去品咂生命力的肆意，豪宕，脱俗。

今夜无眠，汝去酒否？醉的是情怀，品的是人生。

田埂

出门三步远就是田埂。田埂在乡村四通八达，说条条田埂都通向回家的路，这是一点也不夸张的讲法。

站在屋门前，起眼一看，我就看到田埂交织成一张网铺开在眼底。这让我想起爷爷撒网的情景，爷爷手里抓紧一张渔网，他撒网的动作熟练，网飘然而出，撒得远远的，开开的，而网绳依然牢牢地攥在他粗大的手掌里。现在看起来，那些田埂俨像是从爷爷手里撒开去的一张网，回到老屋的道路分明就是那一根结实的网绳。一绳在手，那么，回家的路就永远不会断裂，让人倍觉踏实。

田埂窄窄，迎面相逢的两人得侧着身子小心相让才得以过。乡人们掂量得出田地的珍贵，我想他们对“寸土寸金”的概念理解最深吧。偏偏还见缝插针般在田塍的两边种上黄豆、绿豆之类作物，常常在稻熟时节，豆子也熟了，走在田野里，仿佛听得见一路豆壳爆开的声响。大婶、大嫂和小妮子们挎上个竹篮子去田塍上捡豆子，爆裂的豆子要及时捡了，否则就会掉落进田里。

田埂上一年四季里更迭着独特的风光。

霏霏春雨里，父亲掮着一架犁走上了田埂，他头上戴着一顶斗笠，竹篾编织的，身上披着蓑衣，棕叶编制的。大黄牛迈着四平八稳的步子在前面开路，虽然牛绳牵在父亲手里，看上去倒像是大黄牛牵着父亲。不用吆喝，黄牛识得自家田，径自往铺满厚厚紫云英的田间奔去。沉睡了一季的田野被老牛的一声长哞唤醒。

翻耕过的田野散发着泥土的清香，平整后的稻田里贮上薄薄一层水，水清见底，晚上，泥鳅们便钻出来了，匍匐在田里，好像在静静地听那满野此起彼落的蛙鸣。热闹的春夜，细叔带我去田里照泥鳅，灯光下的泥鳅一动不动，很容易就夹住了。泥鳅煮豆腐可是难得的美味，那个鲜呵，让人回想起来仍然垂涎欲滴，齿间留香。

田埂修葺一新，杂草如胡子一般被镰刀、锄头刮得光溜溜的，崩坍之处筑牢了，田埂此时仿如延伸的道道工事，一场田野里的战事正在有条不紊地进行之中。在农人的眼里，农耕即是战事。

先是禾苗的绿在阳光雨露里蔓延开来，像潮水一般，一浪高过一浪，然后就是稻子的金黄如火一般熊熊燃烧起来，很快就燃遍了田野，淹没了田埂。祖父掩藏不住内心的兴奋，他每天都要三番五次地蹲到田埂边，百看不厌。他一定认为，驼弯了腰的稻子，每一棵都像即将分娩的孕妇，离不了他的照看吧。

镰刀过后，阵痛过后，丰满的田野消瘦了，田埂裸露的筋骨却又显出几分韧劲来，它像在张开手臂箍紧每一块田地，不让它们的身子骨散架。阡陌纵横间，那些喧哗的声响呢，那些热烈的颜色呢，我当然知道，田野里的生命自然不会沉寂消亡的，在田埂的环绕里，田野却安静地躺着，大地宁谧，一阵一阵的风不时掠过原野。

送祖父上山时，我们扶着他的灵柩慢慢地穿过田埂。这是祖父最后一次走在田埂上。从此以后，他只能在对门的半山坡上远远地眺望着田埂了。祖父沿着他熟稔的田埂走向他灵魂的最终栖息之所，田埂不仅承载着生命，更指示着生命的走向。是的，我这样坚信。

祖父八秩高龄的一天晚上，他老人家竟然匪夷所思地进行过一场奇异的旅行。那是稻熟的季节，田野里的稻穗茂密的程度让人难以看清脚下的田埂。半夜时分，祖母突然发现祖父不见了，祖母慌神了，把左邻右舍都叫起来寻人，奇怪的是屋里屋外能找的地方遍寻不见，这深更半夜的，年迈的祖父能去哪儿呢？大家都百思不解，一筹莫展。邻居谭叔道，“莫不是掉到屋门口塘里去了，可一个大活人落水也没听到半点水声呀。”我们只好站在地坪里扯开喉咙喊叫起来。半晌，猛然听到祖父弱弱的回应，竟然是从田野深处传来的。赶紧循声寻去，风烛残年的老人一屁股正坐在田埂上，双手抓泥，露水打湿了全身。算是一场虚惊，试着向祖父探询原委，神志已清的老人却亦是两眼茫茫然。

而后一回想，祖父的这一场梦游真是让我们后怕不已，他黑灯瞎火里怎么就那么精准地避开了水塘的危险且直奔田埂而去呢？

那个深夜里祖父奇特的过往因此成为困惑了我多年的谜团，而随着我踏着田埂一步步走远，我想，什么时候我再一脚踩上那温软而踏实的田埂，去破译出一个答案来呢？每每脑海里涌起跟着田埂回家的念头，我就觉得脚掌滋生出一种微妙的感觉，好像是田埂像蛇一样游过来，轻轻地咬了我一口，它旋即又扭曲着身子游向田野的深处。一股细微的痉挛霎时从脚底导入，传遍每一个神经末梢。一丝丝酥酥的痒，对，就是那种滋味。

一个春天的疼痛

离开茶花坳的日子，总感觉心是漂泊的。譬如连春节都过得寡淡如水。茶花坳的春节才叫真正的春节。年的味道弥漫着，氤氲着，让人陶醉。饭桌上没有山珍海味、名酒佳酿，却有堆盆满钵的鸡、鸭、鱼、肉，却有醇厚纯正的米酒，更有花灯、龙灯、舞狮子，以及串东家走西家，拜年时络绎不绝于耳的祝福声。年绝不是自家人关起门来过的，茶花坳的人把大年过得成了一家子。大爷叔奶三伯四婶七姑八姨的，男男女女、老老少少个个脸上洋溢的喜气和那份亲热劲，谁能分得出这是哪家人那又是哪家人？

过年时，茶花坳外出务工的人如鸟儿归巢般赶回来，舒心惬意地过完年，再陆陆续续打点简单的行装，各奔东西。

细舅就早早跟我说年后要去一个建筑公司打工。细舅刚刚二十岁。年龄比我小五岁。他是我外公重组家庭后留下的血脉，和我的母亲同父异母，所以是我的舅舅。而因他比我小，所以我从未喊过他一声舅舅。母亲便训导我：怎么喊不得，细舅也是外婆的崽。这是茶花坳里流行的一句俚语。相信外公临走时最放心不下的肯定是细舅。因同在茶花坳，自小我和细舅就玩在一起，颇有些少年叔侄如兄弟的感觉。细舅在茶花坳待到二十岁，再也坐不住了，从未出过远门的他下决心要去外面闯荡一番。有人介绍他去建筑工地干活，年前匆匆回了趟家，他把这个消息兴冲冲地告诉了我。站在我眼前的细舅，个儿瘦削，清秀的脸上稚气未脱。去干繁重的体力活儿，那一副身板倒真让我有几分担心。记得当时我还装上一根烟给他，他接过去瞧瞧，就直接搁在耳朵上了。他其实还是个大孩子，不会抽烟。

我在小城里的这个春节过得百无聊赖。其后回想起来竟可以用有些心神不宁来形容。正月初八的凌晨，我在睡梦中听到了一阵急促的电话铃声，迷迷瞪瞪地提起话筒，传过来母亲哽哽噎噎的话语：你细舅出车祸了。我一激灵，大声追问：娘你说什么。母亲抽泣着，却是那么清楚地说：你细舅出车祸了。我一屁股跌坐在地板上，脑袋里一片空白。

细舅是初七大清早出发的，搭乘建筑公司的篷布大货车，他和二十来个做工的一起坐在货车车厢里。说是坐，并没有座位，将各自带去的行李包置于车厢板上，即或坐或倚或躺起来。十来个小时的颠簸后，夜已深，大家便铺开被子，半垫半盖地将身体卷进去，横七竖八地睡下，车子一路不停向广东奔驰而去。至衡阳路段时，已过深夜零点了，有人嚷嚷尿胀死了，便猛擂驾驶室后窗，好不容易司机终于听到车厢里面的动静，乃停下车来。大家纷纷跳下车厢，或去路边就地解决问题，或寻附近尚未打烊的店铺买些吃的喝的，一个个借机活动活动筋骨。在车上窝了那么久，没有谁不说浑身酸痛，愣不自在。细舅花了一块钱买了瓶矿泉水，然后从身上摸出一根烟来，找抽烟的人借火点上了。旁人奇怪地问他：你不是不抽烟吗？他微微一笑说：这是石伢（我的小名）给我的，一根好烟，白沙牌的，舍不得丢掉。在他抽第一口时，呛得咳出眼泪来，嘴里还咕噜一句：好烟也呛人哩。却依然舍不得丢了，试着浅浅地吸第二口，第三口。在他还在品吸他人生的第一根烟时，人们开始三三两两地爬上车去了。细舅是最后一个上车的。这一个最后，竟成了他最后的人生。说起来真是命运，冥冥中谁也说不清谁也扭不转的一次注定。细舅本来是躺在中间位置的，因最后一个上车，原先的位置被别人占了。车厢里没有按座位的规矩，车厢原本就是装货物的，既无座位也不必讲秩序。而细舅又是那么本分老实甚至尚未脱掉羞涩的一个大男孩子。他离那些个强悍霸气甚至近乎粗俗的乡里男人的标准还差得远。细舅爬上车厢，只得就着昏暗的路灯四下里寻找能容得下自己的空隙之处。他发现自己的被窝盖其实早已经被人挪到了最右边，于是，默默无言地小心跨过几具早已安然躺下的躯体，紧靠车厢挡板侧身而卧。这一躺下，细舅单纯而又短暂的人生从此没能再次站起来。

咣当，骤然一阵撞击的巨响，车子在一处急弯地段，与迎面而来的另一辆载重车猛烈相撞。当时，并未车翻人仰，只是剧烈的撞击将尚在睡梦中的细舅一下高高抛起，整个身体飞出车外，重重地砸在冰冷坚硬的水泥路上。

二十岁的细舅就那样无声无息地去了。他人生的花季甚至尚未来得及绽放，就凄然地凋谢了，被一只看不见的魔掌残酷地扼杀了。

茶花坳的山坡上那一抔黄土从此成为一个孤独地游荡的魂灵的栖息之所。细舅从茶花坳开始的人生之旅最终轮回到起点。他永远也走不出茶花坳温暖的怀抱了，走不出茶花坳一草一木的牵念。也许，对于一个生命而言，尽管有太多太多的遗恨，这也未曾不是一种幸福。茶花坳的这一个春天使我刻骨铭心地疼痛。

细舅走出茶花坳的那天，农历二月四日，立春，一场春雨送他上路。还是一路淅淅沥沥的雨声把他迎接回乡。我分明听见在他远去的足音里，茶花坳的春天正在一朵山茶花上芬芳，却潮湿了一大片、一大片天空。

折断的刻刀

我的外公是一个雕花匠。乡下人把从事雕刻的匠人叫作雕花匠。外公对我来说，无异于一个遥远的词语，应该是在我四五岁或者更小的时候，他就过世了，所以，我对外公的了解，多半来自母亲日后只言片语的叙说。

虽然遥远，外公给我至今留下深刻印象的便是他教我画画。记忆中，一个慈祥的长者把我揽在怀里，或干脆抱我坐在他的膝上，在一张小方桌子上一笔一画地教我画小鸟、花朵和古装戏里的人物。日后，我虽没有走上画画的道路，却对于画画有了一种难解的情结。外公自幼培养了我的爱好，让我从此多了一份白描和享受生活的情趣。

其时，我并不知道外公的职业和雕刻有关，他的雕刻艺术，我也未曾见识过。但我对乡下雕花匠们的生活却有些耳闻目睹。民间匠人其实不曾把他们所从事的职业当作艺术来追求，所谓的七十二行，无一例外是他们自谋生计和养家糊口的手段，只不过在不断的实践里，其做工水平随之不断提升。也只有做得利索、干净，做出来的活计扎实、漂亮，这样的匠人才会有人家上门来请，慢慢地，方圆几十里，谁的声名传得远传得好了，他自然有忙不完的活儿，肯定还会一个接一个地带上徒弟。

母亲说，外公是个好雕匠，人笃诚，死要面子，活儿也做得好，这我完全相信。雕花匠不同于做一般的功夫，雕刻手艺要精，还要懂得艺术。外公做雕匠之前是教书先生，在一家私塾授课，按村子里人说的是识文断字，属于文化人之列，所以看他雕出来的东西，鲤鱼跳龙门，那鱼就真的跃起来了；喜鹊登枝，那鹊就叫得人心花怒放起来；嫦娥奔月，那裙裾飘舞简直就飞起来……我想，外公能雕得那么逼真，除却过硬的手上功夫，关键的一点恐怕还是他的文化素养审美情趣使然吧。

外公嗜酒如命，我猜想这也许和他做工夫有关。乡下人似乎特别好面子，即便家里再拮据，匠人师傅上得门来，也必将千方百计备以自家平常难得一尝的酒菜招待，酒是自酿的米酒，味道纯正，菜呢，再不济也得弄上个荷包蛋什么的，经济宽裕一些的，当然少不了秤肉买鱼。家里有小孩子的，在旁边眼馋得直流口水，也不得上桌同吃，顶多男主人陪上个一盅两盏的，且绝少动筷子夹菜。我的外公因为算个读书人，在做工的空暇，免不了要给人家念个书信，甚至代笔回个家书，他往往有求必应，加了这一层，所以更是极得大家尊重。乡下人敬重别人更直接的方式之一即是敬酒，在平时互相串家门的时候，也把敬酒当作表达其敬意的重要表现。人家上得门来，茶、烟上过了，接下来必定就是一大碗米酒，这些是很平常不过的事。且不管时间的早晚，乡下人把酒都当成挺要紧的事。做工夫的匠人一般一日三餐有酒侍候着，但我的外公不同，他可以边做工边喝酒。主人家常常对他例外，一整天都备以米酒供他时不时地抿上几口。乡里人把这种喝酒的习惯叫作“呷禾穗子酒”，意思则像稻穗一般长长的，一次喝的量不多，但断断续续地基本不间断，喝酒的功夫和酒瘾便见一斑了。外公却不曾因为喝酒而耽误做活儿，相反，当他喝得微醺时，看似醉眼迷离，脸红脖子粗，手上的功夫却不闲着，那刻刀直如笔走龙蛇，刀下尘屑飞扬，图案栩栩如生。按今天如我所见识的镜头，似乎可套用某某艺术家的作派了。只不过外公面容清癯，头发不符合生理年龄地掺杂了不少的灰白，而背微驼，那是长期伏案和劳累的缘故，整个一了无艺术人生形象的乡野村夫，为负载一个家庭生计挠肝抓心，操劳颠簸。

外公一手好手艺，终因一个时代的癫狂而搁置，其时，民间艺人被视作异类，人们的情趣爱好仿佛恨不得被一刀斩草除根。那的确是一个呆滞生硬的年代。凡家里藏有什么带有个性化的物什均难逃被销毁的厄运，这其中就包括外公为人家雕刻的某些装饰作品。看着自己的心血被弃之如敝屣，或付之一炬，外公只有埋头喝闷酒生闷气，而徒唤奈何的份了，终于有一天，喝得酩酊大醉的他用那一把一直伴随他的刻刀，一刀扎进了自己的左掌，外公冷漠地看着鲜血汩汩地流淌出来，那眼神好像鲜血与他无关。然后，他又将刀尖深深地刺入木桌，右手猛击一掌，那把他曾经视为宝贝的刻刀，铿然一声，脆生生地折断了。外公从此与雕刻一刀两断，缘尽情绝。

一把刻刀没能雕刻出外公完整的人生，酒却最终夺去了他的生命。外公其实是如折断刻刀一样折断了自己的人生，五十出头英年早逝。选择在酒的沉醉中麻醉还是超然物我，我不知道这对外公是否是一种解脱。我很愧疚自己很少想起那个当过雕花匠人的外公，而当我看到某一件雕饰着的物什，外公模糊的样子竟然就会在我的脑海里隐隐约约地浮现，还有那把虽然断裂却仍然闪烁着冷冷的光芒的刻刀，像一道熟稔的身影，在我的心中一掠而过。

第五辑　泣血的爱情

大黄牛事件

一头牛在大街上旁若无人地行走。

这是一个冬天的傍晚，天色已经暗下来了，白白的街灯里，看得出这是一头健壮的大黄牛，皮毛油亮，像披着一身滑溜溜的锦缎。牛蹄敲击着冰冷的水泥地，发出“得得得”的响声，尽管街道上车辆川流不息，且不时刺耳地鸣笛，但我依然能清晰地听到牛的脚步声，那种富有节奏感的款款的蹄音，一声接一声地撞击着我的耳膜。我的目光情不自禁地被这种声音牵着，好像自己也变成了一头牛，被一根无形的绳索拴住。

牛好奇地左右打量着。也许它是头回进城。高高的楼房，闪烁的霓虹灯，熙熙攘攘的车马人流，一切那么喧闹，一切那么新鲜，现在它就行走其间，迈着一如在乡间石子路上一般稳健的步伐。它像一个误入神秘森林的旅者，除了眼前使它倍感新奇的一切，我不知道，在它的心里是否还有恐惧。这座城市的森林，原本就不是它的领地。这里没有青草溪流，也没有鸟语花香，有的只是飞扬跋扈的灰尘，又冷又硬的钢筋水泥，以及仿佛永无休止的喧嚣。

面对这陌生的一切，它的眼睛里充满迷茫，也许是不适吧，它来到这里，显然不是因为迷失方向，它的确是被一种叫人类的高级动物牵着鼻子拽进城市的，现在其人紧攥着牛绳走在它的前面。其人横叨着香烟，火光一闪一闪的，那张刀削脸在一闪一闪的火光里显得那么表情暧昧，让人捉摸不定。其人穿着一件皱巴巴的灰西装，脚上套着一双大头皮鞋，上面溅满了星星点点的泥土。西装和皮鞋向来是被视为装饰一个人的“门面”的，但在其人身上，横竖都成一件滑稽的道具了。寒风里，他使劲裹紧身子，手里的牛绳却不曾松弛半分。大黄牛稍一放慢步子，其人必定回过头来，嘴里大声地叱喝着，同时猛地一抖手里的绳，动作狠狠的，那样式显示这个看起来并不高大，甚至还有些猥琐的男人竟然有些“孔武”样子。

我对那个抖绳的动作既熟悉又陌生。那动作仿佛唐僧嘴里念出来的紧箍咒，想想神通广大的孙大圣在几句听似轻描淡写的咒语里头痛欲裂、呼天抢地的样子，这牛绳一顿，就算再厚实的牛鼻子恐也难经受。是钻心地疼，还是鼻孔痉挛？不得而知。但再健硕的牛也得的的确确地受制于那一根小拇指大小的绳，受制于那一紧一拽的简单粗糙的动作。记得乡下的老人常常告诫看牛的细伢子，牛绳不能蛮横地拉，那样容易伤到牛的，拿捏不住劲道的话，可能把牛弄得鲜血直流，甚至扯破它的鼻子。农家人总把牛看得很宝贝，有一份解不脱的情结。老家的桂四爷就管他养的一头小母牛叫“闺女”，叫唤起来亲热得不行，也不曾见人讥笑他。

我现在一见到其人狠劲一紧牛绳，心里头也不由得莫名地一紧，好像有一只手揪了一把心口，手心里竟有了汗浸浸的感觉。我不知道其人的身份，但我可以断定其人绝非这头大黄牛的真正的主人。

黄牛知错似地马上地加快了步子，尽管它并不知道自己将往何处。它的命运总是牵在别人的手掌里。牛其实是温驯的。何况它已不是初生牛犊了。倔犟的脾性早已被沉重的犁辕驯服了。它只知道“吭哧吭哧”

地耕地犁田，直至步履艰难，再也拉不动犁铧，直至完完全全地老去，那才是它完全意义的一生。而如此朴素的愿望却往往得不到实现。儿时，在家里养过一头老黄牛，牛其实不是自家的，是队上分给养的，自然可以计上工分。仅仅养了一年的光景，过年前，经批准队上决定宰杀年事偏高且出不了多少力的老黄牛，将牛肉分给村民过年。宰牛场在村口一块比较平坦的山坡上。叫牛头岭。那里几乎每年都要上演一出血淋淋的宰牛“动作片”，人们兴冲冲地聚拢在坡地上，当观众，孩子则闹得满地飞。能看到一年一回的宰牛，关键是团年桌上有牛肉，哪能有不高兴的？要知道其时的农村大都生着同样的“病”——饥饿。祖父把老牛往牛头岭赶，我屁颠颠地跟在牛屁股后，一路上，祖父嘴里不停念叨着，像是对牛说，又像是自言自语，我依稀记得有什么“天”“地”“神”之类的词儿。离牛头岭不过一里地时，老牛突然不肯走了，它翘首牛头岭，长哞一声，浑浊的眼眶里贮满了泪水，仿佛已知道等待它的命运将是什么了。看来牛头岭对一头老牛来说意味着什么，它的心里比谁都清楚。祖父一时束手无策，看着老牛淌着泪，祖父蓦地将牛绳往地上一摔，如老牛一般长叹一声，便自顾自地闷头往回走了。但老黄牛最终没能逃脱厄运。其后，祖父把它的那对牛角收藏经年。

现在，大黄牛继续在街上行走。在愈来愈深的严冬的夜色里，它正一步一步地远离乡村那个铺着厚厚稻草的温暖的窝棚。在平日里的这个掌灯时分，它的主人已经给它精心准备好一大盆饲料，然后还要蹲在旁边，看着它津津有味地吃个盆底朝天，然后还要让它喝够水，方才放心地回屋去弄自己的晚饭。而现在呢，它身影孑然地行走在陌生的城市。开阔的田野，袅袅的炊烟，甚至鸡鸣狗吠，那熟稔的所有物事都已远远地消失在城市森林的背后，新鲜与好奇褪去之后，剩下的只有无尽的落寞。大黄牛此时分明感到了烦闷，它用力地甩了一下耳朵，夸张地打了个响鼻，尾巴左右乱摇晃，然而行色匆匆的路人除了偶然间随意地瞥一眼它之外，没有人注意到它的这些肢体语言的表达。城里的人们自然不会去关心一头与自己无关的牲畜。当然，如果媒介上有了关于“口蹄疫”“禽流感”之类的消息，他们的嗅觉和敏感则会比任何聪明的动物更强。他们现在关心的和盘算的是晚餐桌上的事情，是否有丰盛美味佳肴。

没有人读得懂大黄牛的语言，也许根本就没人注意它的行走甚至存在，大黄牛于是倍觉孤独。

而它实在别无选择，它只能被一根绳索牵着，走向自己一点也不曾知晓的命运。它其实从无奢求，唯渴望生活在一块黄土地一片青草地上，唯渴望卧在一条淙淙清流边慢慢地老去，但这些在迷茫的远方可否有呢？它不知道，没人告诉它。于它来说一点也不非分的愿望，在灰蒙蒙的城市的森林里，却是不亚于对海市蜃楼般的奢望。

前面是一个十字路口，红灯闪烁。大黄牛不懂交通规则，它是第一次进城。它可不想停滞不前，也许它渴望快点回到属于自己的家。家，只有家，才永远是世上最温暖的地方。记忆里，它从没有过这么晚了还不归家的记录，就是那只特别贪玩的小黑狗，也总忘不了在天擦黑时欢快地，摇头摆尾地回家。红灯是什么破玩意，凭啥叫人说不走就不走呢？大黄牛不理这茬。其人使劲地攥紧了手中的绳，但大黄牛可管不了了，它沉肩压头，一声怒吼，瞪圆了铜铃般的眼，血红血红的，像前头闪烁的红灯，它像是铆足力气，猛然间“蹬蹬蹬”几步冲刺，在其人惊慌失色之际，大黄牛挣断了绳索。那绳索原本看似牢实得可以掌握一头健壮如山的牛的命运，竟然也这般直若一根游丝软绵不堪。大黄牛胜利大逃亡了，它抑制不住挣脱羁绊的激奋，昂然着头，扬蹄朝前奔，虽然它依然不知道自己究竟要往哪里去。它无暇顾盼，它只想奔出这古怪兮兮的森林。

大黄牛于是成为行人们目瞪口呆的焦点，随着那个披着锦缎一样光泽溜溜的庞大身影的疯狂奔跑，几乎所有的人都选择在第一时间快速避让，或许这恰是人之所以成为高级动物的地方。人们一开始对于招摇过市的大黄牛可以视若不见，因为它的命运它的一切与他们无关。而今情境不一样了，除非疯子，否则有谁不去关注这头擅自在大街上横冲直撞扰乱秩序的牲畜呢？这牛，可是急红了眼的，谁碰上，肯定跟谁急啊。

大黄牛早已冲过了红灯，它才没闲功夫去操心会不会被罚款哩。其人则哭丧着脸，呆立在十字街头。实现胜利逃亡的大黄牛毕竟不明白城市森林里到处布有陷阱，它压根儿就嗅不到来自死亡地界的气味，它还远远不具备那种本能。或许它错就错在把脚底下这条坚硬冰冷的马路当成了往日躬耕过的田地，以为可以让它偶尔痛痛快快地撒开四蹄撒一回野，展示一番与生俱来的脾性。它终于彻底错了。眨眼间，一辆载重车措手不及地与它迎面相撞，于是牛仰车翻，大黄牛被撞出了一米多远，鲜红的血液从它健壮的躯体里汩汩地流淌出来，它犹自瞪着眼，粗重地喘息着，它或许觉得像刚刚经历了一场梦，当梦醒来的时候，它的生命之光却行将熄灭。

我也好似做了一场梦。不想再当无谓的看客，步履有些沉重地回到了家，房子里面弥漫开饭菜的香味，客厅里的电视上正播放西班牙斗牛的场景，一个衣着华丽的斗牛士以优雅的动作干净利落地将一头好斗的牛刺杀于地，在血腥的气氛里，观众群情激昂，巨浪般的掌声和尖锐的欢呼声在电视里震荡回响。人们似乎都乐意做看客，且热衷于为别人喝彩，却往往无暇为自己悲哀。

当天晚上的地方电视新闻里播放了大黄牛事件的消息，我想那是一条生命在世界上最后的一点印迹了。漂亮的女主持用仿佛规定的表情平静地叙述着这个新闻，末了的一句是任何人听了都会感到大为放心的，道是“所幸没有人员伤亡”。新闻中告诉人们，牛是被牛贩子买来的，准备卖给市内一家生意红火的酒店。那个酒店的大名在城市里可谓家喻户晓，听说每天都要吃掉一头牛，离大黄牛毙命之所不过里余路程。一回想，我确实看见过店子门口的水泥桩上常常拴着牛，显然，牛站在那里不失为一个活蹦蹦的广告，至于门口立着的那块写着什么“正宗鲜味”之类词语的劳什子牌匾，倒真乃多余的了。

我想，我其实是应该知道大黄牛进城后的命运的，只是我无法、也不能、更不忍心告诉它罢了。

对一座池塘的凭吊

这是儿时记忆里那方清澈澄净的池塘吗？这是曾经带给我许多快乐，也曾让我有过懵懂少年的淡淡忧郁的一池春水吗？清明前的这一天，当我返回老家，伫立在老屋前的池塘边时，我的心海上泛起了一串串疑问的微澜。

我对眼前的这方池塘曾经是那样的熟悉和依恋。甚至可以说，这个池塘是我童年的又一个怀抱。乡下的孩子大都有着这样一个可供他们嬉闹撒野的怀抱。这当然不同于母亲温暖的怀抱，却又能让孩子们产生分外迷恋的感情。池塘敞开她宽广的胸怀，拥抱着我们。

乡下孩子没有什么娱乐项目和场所，往往几个月都难得看上一场露天电影，除了砍柴、放牛、扯猪草这些每天必做的功课，除了偶尔三五个伙伴溜到还算平整的晒谷坪上玩上几圈滚铁环、打陀螺，便是围着池塘边转悠了。其时，在更多的时候，最大的乐趣便是拿着自制的钓竿守候在塘畔钓鱼。说是钓竿，不过是去房前屋后砍上一根小竹子，去掉枝叶，将弯曲之处放在煤油灯上将竹节烤热，再用湿毛巾包住压一压捋直，而烤过的竹节柔韧性强，更能经力些。鱼钩，或者自己找小铁丝磨制，或者干脆不用，就在细线上系上条蚯蚓，钓的大都是那种我们唤作麻嫩子的鱼，一种习惯于匍匐在堤岸边生活、觅食的小鱼，那小鱼儿有个性，一口咬住蚯蚓就死活不松口，一般下饵于浅水处，水清澈透底，一眼就能看清楚鱼儿是否咬住了，水稍深处，则凭感觉钓，钓得久了，凡丝线微微动静，也能十不九空，一条蚯蚓往往能重复使用。这样钓上老半天，也不见得就能一饱口福，因为那鱼实在太小了，却常常是我们打发时光的一种方式，大多数时候甚至是钓了又放放了又钓，且乐此不疲。麻嫩子鱼似乎不长记性，或者说是它们也挺乐意配合我们这样的消遣，明明刚刚放掉的小鱼，却不会一溜烟地游走，转眼间又会上钩。时间就在这种钓鱼的游戏里不知不觉地溜走。我们的童年也在一点点地远去。

再长大了点，孩子们就摇身一变成了水鸭子。几乎没有不会游水的，对我们而言，虽然不能以无师自通来形容，但用耳濡目染似乎不为过，看着别的孩子在水里面扑腾扑腾正欢，心里面就痒滋滋的，不管三七二十一，扑通一声就跳下去，呛上几口水那是必然的，但几个回合下来，竟然就行了，就能浮起来了，不必担心会沉下去。姿势却一点也不漂亮，既笨且拙，清一色的狗刨式，后来我去过体育场所的游泳池，碧波荡漾中，看着水中别人像鱼儿一样优雅的身姿，我立在水池边，一时竟觉得手足无措了。

炎热的夏天里，池塘简直就是我们的天堂，堪比今日孩子们向往的迪士尼乐园。池塘里面就好像浸泡着一个清凉的暑假，不管上午还是下午，只要得了空闲，光溜着屁股就跳进水里，娘老子有时候气得“水猴子，水猴子”直骂，站在岸上却又无可奈何，悻悻地跺跺脚，赶紧去田地里忙自己仿佛总也忙不完的活什了。一个暑期过去，孩子们的身上像涂了一层黑黑的油，又亮又滑俨像条泥鳅子，你想一把抓住，还真得费点力，一个不留神他就挣脱开滑之大吉了。就算是寒冬腊月的时节，池塘也是孩子们疯闹的地方，塘里结上了厚厚的冰，我们大可放心大胆地跑上去玩耍。从这边一嗤溜地就滑到了对岸，一不小心摔个四脚朝天，爬起来揉揉屁股，啥事没有。

池塘呈不规则的形状，大大小小的池塘几乎都是这样，说不出它们到底像什么样，不远处还有个池塘，像碟子，却有个漂亮的名字，叫荷叶塘。我家前面的塘没有名字，我们干脆叫它屋门前塘。屋门前塘至少有一亩的水面积吧，我对塘的大小没有概念，但我们却大致地了解一块水田、一块菜土的大小，毕竟天天都跟着大人们围着田呀地呀不停转。水有多深，应该最深处有两个人深吧，这是我们经常形容水之深浅的一种说法，所谓两个人深，就是指有两个大人的身高加起来那么深。每到年底，农事少了，队上便组织修堤坝、挖淤泥，这在以往是年关都要进行的活动，几十号男女劳力，被队长一声哨响就集合到抽干水已见底的塘里，大伙不顾天寒地冻，甩开膀子就热气腾腾地干开了。将淤泥一担担地挑出来，所以池塘不会被淤塞，一口塘常要管住几十亩田的灌溉，来年春上雨水多起来，将塘注得满满的，春种秋耕都不愁缺水了，这样清淤亦保持了池塘的清洁，使池塘一年一年地保持清澈透彻。家里的用水就直接取自池塘，那年月里似乎还没有污染一词在乡野出现。

而碰上干旱年份，池塘的水眼见一日日地少了，又少了，乡亲们急得屁股上长刺，坐不稳，队上修了一条简便的水渠，从屋门前塘弯弯曲曲地通向了十里地外的涟水河，安上水泵去河里抽水上来，沿途得经过另外三个队，分别是下竹园、忠义堂和坐母山，抽水肯定是要花成本的，所以水愈发变得珍贵起来。队上便安排每家每户出人去巡水，一则防止水渠漏水，二则防止其他队的村民偷水，日夜缺不得人，实行三班倒，一班四个人，不间断地沿渠巡查。因父亲在外地工作，好在抽水常在暑期里，家里巡水的任务便落到了我这半大小子身上了，掮上把锄头就从屋门前塘坝出发，一路慢悠悠地巡逻过去。其时倒是觉得好玩，特别是晚上，也不晓得害怕，天上繁星满天，明月高悬，手电筒都不用，踏着一路欢快的水声，丝毫也不感到疲倦。自然有邻队上来挖开渠道偷水的，被抓了现行，还闹出过打架伤人的事，我运气好，没碰上过，现在想来要是真让我碰上了，我这青皮小后生还真不知该如何应付。漏水的事倒是经常有的，便要查出穿孔的地方，及时堵塞住漏眼。屋门前塘特殊的地理位置，使她一年四季都不至于干涸，而队上不少的池塘在少雨的年份常常在秋收前后就难以逃脱枯竭的厄运，干涸见底，塘底皴裂开纵横交错的条条坼道，像老人的脸上那一道道深深的皱纹。

屋门前塘的一角长着茂盛的水草，我至今都不晓得那些水草的学名是什么，我们叫它们“革命草”，当然是跟着大人们一路叫习惯了。我自然更不知道为何要叫这样一个名字。现在想想那种有着青翠的茎叶，从水底一直往上长的草，其实是有着顽强的生命力的，印象中它最大的一个特点就是长得快，割不尽，四季常青，这样子倒有些与名实相符的味道了。春天和夏天里，这是屋门前塘里最热闹的一角。水草长得热闹，开出白色的小小花朵，点缀在青叶与绿水之间，像蔚蓝的夜空上星星在眨着眼。而更热闹的当数蛙鸣，那些乡村里最为著名的歌手，不知道藏在哪片叶子下，扯开嗓子白天黑夜地歌唱。“青草池塘处处蛙”，说得真真神准了呢，仿佛远远近近，此起彼伏的都是那片片蛙声。

我将思绪强拉回眼前的这座池塘。这真是我儿时的记忆里那方清澈澄净的池塘吗？

塘堤像被虫子蛀蚀了般，这里陷进去一块，那里又踢崩了一段，原来可推着独轮车行走，现在只怕人走在上面也得小心翼翼了，路面变窄了不说，还得担心突然垮坍了。最刺痛我的目光的还是那满塘漂浮着的废弃之物，我仔细一瞧，有黄色的垃圾袋，有褐色的玻璃瓶，有白色的泡沫塑料，还有黑色的橡胶皮，至于烂菜叶、破鞋子、破布条之类亦是起眼即见，五彩斑驳，呈光怪陆离之状，分明就是一个现代生活的垃圾场。曾经清清的池水了无踪影，曾经葳蕤丛生的水草不见了踪影，四月正是蛙鸣正欢时节，而今听起来，稀稀落落三两声犹显得那么有气无力，仿如水底下发出的呻吟，唯一览无余的一塘浑浊像一块脏兮兮的灰蒙蒙的眼罩遮蔽了我的眼睛，掩蔽了乡村那一片青山绿水的天空。

池塘向我展示的一切，似乎在告诉我，过去闭目塞听的小山村如今也和现代生活接轨，山村物质日渐丰富的文明直接以垃圾的形式阐述。都市工业文明以另外的手段向人们生存的每一寸空间辐射，其影响仿佛无处不在，又无孔不入，只不过这种方式让人倍觉伤感。一座碧蓝明净的池塘在以工业化的速度消失着，秀水蜕变成了锈水，不独如此，冬季里屋檐上悬挂的长长的冰棱和池塘里厚厚的冰层已成遥远的记忆，暖流充斥着地球，生命力旺盛的水草终究没能抵御住化学物质的侵略，不断淤积的污泥将池塘毫不留情地蚕食……这个时代里，许多河流都已死去，或者说正在死去，甚至某些著名的大江大河也逃不过一劫，这是不争的事实。那么，乡村版图上一座再普通不过的、无名的池塘死去，也许压根就算不得稀奇的事，但我现在面对着我曾经那么熟稔的屋门前塘，心底霎那间涌起酸辣苦涩的阵阵波澜。

在清明前的这一天，一个风和日丽的天气里，我站在一座池塘的岸边，表情凝霜，良久无语。我其实是在冥想着，微风拂起池塘里的每一个小小的涟漪，都是一片盈盈笑意，映着蓝天白云，和塘坝上初春的嫩绿，以及那些激动的、不知疲倦的蛙鸣！

千年鸟道腥风起

秋风乍起。随风飘落的黄叶，让人明显地感觉到了几分秋的肃杀气氛，倒是营盘山下的小镇比往日更显热闹了。营盘镇本就是个名副其实的小镇子，一声吆喝从东头就可以直捅到西头。这些年来，青石板铺就的街道两旁竟然不声不响地新建了不少铺面，且大都是两三层结构的楼房。平时门可罗雀的商铺，一到了秋分时节，陡然即人流不息了。奇怪的是外地人也多了许多，像是被一股秋风一夜之间就刮进了镇子里。那些陌生的面孔上大多表情神秘，甚至举止也有些怪异，或骑着摩托车，或驾着小车，且均携带着大大小小的工具箱子、包装箱。这些突如其至的客人，对于镇上的土著人来说，却又并不是那么陌生和神秘，他们知道他们是奔着什么而来。

西北面的营盘山与东面的齐云山之间的道路，不知自何时始成为从中部路线南迁候鸟必经的“千年鸟道”。这是一条极窄的迁徙通道，不过是一条不规则的峡谷，宽约 40 公里、长约 30 公里，进入秋天，成群结队的候鸟从西伯利亚、内蒙古草原、华北平原等地起飞，经东、中、西三路分别飞往中国南部地区越冬。我想，这条峡谷之所以成了鸟儿们歇脚的地方，肯定是因为此处森林茂密，有着鸟儿们丰富的食物资源，飞累了，它们需要补充能量，需要恢复体力，这里没有它们的天敌，人烟罕迹，相对而言比较安全，所以是它们首选的一条途径。在山脉的指引下，候鸟们会在此作短暂的停留。而且每年秋分前后，这条通道内还会出现一股从西北吹向东南的强大气流，这股气流沿着山势上升，集结的候鸟正好利用这股强劲的气流飞越隘口，再次踏上南下的远征之旅。一旦低温袭来，伴随着强劲的气流，鸟群便飞跃山脉，振翅南飞。年复一年，这些天空中自由的精灵，在群山间演绎着迁徙的史诗。

但它们万万想不到，“千年鸟道”现在四处布满了陷阱，危机四伏。

那些随着秋风蜂拥而来的人们，昼伏夜出，使出千般招数，在守候着鸟儿成群结队地飞来。他们把山顶上的树木砍掉，支起两三米高、三四米宽的大网，逢候鸟迁徙期便干脆住在山上，彻夜守候鸟儿经过。这是专门前来捕鸟的人群。捕鸟者一开始是点燃松枝，后来又变成了焚烧废旧轮胎，用火驱赶栖息的鸟群，火光冲天中，群鸟惊恐万状。为了“提高效率”，现在甚至用上了高科技的LED灯。而捕鸟的武器也从鸟网、竹竿变成了带着火药的鸟铳。他们将电灯、音响全部派上阵，还有更“聪明”的做法，则是用放录机播放早已录制好的鸟叫声，诱使鸟儿自动“落网”。趋光的本性，往往使鸟儿们前赴后继地落入人们张开的大网，鼓噪的声响，使鸟儿惊慌失措，如没头的苍蝇四下里乱撞，纷纷落入人们的魔掌。山头上，树木被推平，安置猎鸟的粘丝网。凌晨时分，灯光从无数山头上亮起，束束蓝光直射空中，上百盏大灯，亮如白昼，数不清的鸟铳睁大充血的眼睛隐藏在黑暗里。一场杀戮残忍地展开。一声枪响，追光而飞的鸟中弹了，它垂下头来，身子直挺挺地坠落，鲜血滴落，漂亮而光滑的羽毛飘散。

号称文明使者的人类啊，此时此刻，变成了鸟儿眼中张牙舞爪的魔鬼，他们一个个眼里射着饿狼一般的绿光，挥动着手中的棍棒毫不留情地击向那些弱小的生灵。你难以想象，那是一个何等惨烈的场面。

“千年鸟道”刮起了血雨腥风。“千年鸟道”成了越过千山万水跋涉到此的候鸟的“葬身之地”。

而这一切，皆是因为人类的利欲熏心。因为利欲熏心，让人迷蒙了双眼，让人沦丧了心智，让人泯灭了良知。

记得一句公益广告词，“没有买卖，就没有杀戮”。每一次杀戮结束后，扛着大大小小蛇皮袋的“收鸟人”就会在营盘镇上出现，买卖双方以熟稔的方式迅速成交。接着，鸟儿会出现在县城的菜市场或餐馆里，甚至远到邻省的高档酒店中。有的则被制成鸟干，堂而皇之地挂在店铺里出售。

在山民中曾经有一种流传的说法：鸟，都是“天子派来的客”。年已古稀的杨老根跺着脚，痛心疾首地说，哪有这样对待尊贵客人的啊。他一辈子没捕过鸟，早些年，他还经常去山里巡回走走，看到捕鸟的网就一把扯烂，看到打鸟的人，他站出来怒目以对。现在年岁大了，走不动了，心有余而力不足，只能干着急。他说唯一能做的就是约束自家的子孙不去干那伤天害理昧良心的事。

以往每年重阳节前，有数十万只候鸟途经这里，浩浩荡荡，遮天蔽日，那是多么壮观的景象。老人家手搭凉棚，眺望着远处的山峦，沉浸在记忆中，久久地。

雁鸣从天空轻柔地划过，留下一掠优雅的背影。

坚硬的天空

秋风乍起。天凉好个秋，在古人的诗句里，用一个“好”字表达了人们对于秋天到来了的欣然之情。我揣想，这一声干干脆脆的“好”应当就是为“天凉”击节而叫的吧。好不容易告别酷暑炎日的炙烤，自此可以没有咸汗粘体一身神清气爽了，诚然乃好事一桩。何况我们还有更多的理由为秋天的到来而叫好呢，譬如与硕果和收获之类相关联的词语。我们常常以金秋来称谓秋季，那一种金黄色的质地倒是其恰如其分的描状了。

而秋天的天空似乎也分外澄澈。云朵更白，天空更蓝。甚至感觉更高，更迢远，更广阔。这种视觉与感官上的印象定然也与心情有关吧。因此，当我看到江边上那幢刚刚竣工的大楼时，我的心情一下子也爽朗了起来。那幢二十层的高楼坐西朝东，面向汤汤北去的江水矗立。而它在建过程中，却又让附近的居民（包括我）那么烦躁着，由于它而形成的飞扬跋扈的尘土，而制造的日夜不停的噪音。现在却不妨碍我用欣赏的眼光来看待面前的这座庞然大物，我甚至觉得它的伟岸完全可以使它成为我蜗居的这个小城的一个地域性的标志。当然，关于其到底能起到哪些方面的标志性的作用，我尚未来得及细细思考并作深入浅出的全方位的论证。我只不过是在某一个秋天的黄昏绕着它漫不经心地散步时，突然在脑子里面闪过了这一个念头而已。也许这一念头的出现还是基于它毫无疑义是小城的最高楼的事实吧。

但后来发生的事件，却不幸让我言中了。我认为那的确算得上是一个事件，而且是异常惨烈，或者说悲壮的一个事件。

楼房的外装饰显然是花了心思的，不说匠心独运，至少在本地的楼房里算得上鹤立鸡群，我不知道这样的比喻是否恰当。但我敢说楼盘的设计理念与其营销理念保持了一致性，那些理念其实也没有什么独出心裁的特别，脱离不了和谐、温馨、绿色、宜居之类人云亦云且无多少新鲜感的词语。而它的外观并不是很抢眼，从我外行的角度看来，其整体的装饰效果可用顺眼、养眼来形容。特别是当我看了这栋楼房北面的外墙装饰后，我认为设计者还是动了一番脑筋的。如果换了你，我想，恐怕也会驻足多瞧上几眼的。

北墙自上而下三分之二的面积描绘了这样一个宏大场景：高远而蔚蓝色的天空，飘浮着大朵大朵的白云，一群丹顶鹤舒展开宽大而有力的翅膀，正在蓝天上展翅翱翔，它们的神态是那般自由、那般优雅，金色的阳光洒在它们身上。目睹这样的画面，我仿佛听见了鸟儿飞过头顶，留给了我一行滑翔的背影，留下来一声婉啭悠扬的啼鸣，在我的耳边久久萦绕。

我不知道为何要在这面墙上布置如此一幅场景，或许有些类似于广告性质的意思吧。可就是这样一面精心绘制的墙壁，却制造出了一个惨剧。

在一个寒意浸淫的秋天的清晨，我去江边晨练。我原本没有晨练的习惯，只不过偶尔为之。晨曦未现，街灯依然通明着，当我路过那幢高楼时，情不自禁地仰头朝北面墙壁张望，楼顶安装的灯光俯照着，将一面墙照射得如同白昼。墙上的那巨幅图画在我的潜意识里已经温暖地占据了一角位置，每每经过时，我总是有意无意地将目光聚焦其上，打量几眼。这时候，我突然被眼前的一幕震惊了。我看到地面上横七竖八地躺着各色的小鸟，我甚至是迈着颤颤栗栗的脚步才小心翼翼地走近去，我估摸着有不下百十来只小鸟倒在冰冷的水泥地上。绝大多数小鸟已死去，它们的双眼紧紧闭住，原本该是多么柔软的娇小的躯体，现在已变得僵硬，小小的脑袋耷拉着，细细的脚爪直直地向后紧绷着。而我搜寻之下发现尚有十几只鸟儿正在地上吃力地挣扎，我却丝毫无法为这些有着或多或少的生命体征的鸟儿高兴，它们有的睁圆了惊恐的眼睛，扑腾着无力的翅膀，有的根本已抬不起头来，唯身体在颤抖着，痉挛着，还有的嘴里面吐出含混不清的叫声，曾记否，那可是多么动听的歌喉呀。这一切都显得那样的痛苦与无助。我还看见地面上零乱地散落了片片鸟羽，被从江面上吹过来的风轻轻扬起，又悄然落下，一地羽毛犹如诀别的绝唱与凄美的舞蹈。血腥的气味在大楼四周弥漫，使这个寒秋的清晨分外萧条和肃杀。面对这样的场景，你又岂能不从心底里涌起一阵高过一阵的颤栗呢？

遭遇厄运的鸟儿多是我所陌生的品种，从它们的外表看来，这些牺牲者中应该有好几种不同类的鸟。我见惯了的熟悉的鸟却是本地的常客，譬如麻雀、喜鹊、八哥等，它们每天都在我的视野里面飞来飞去，不分春秋冬夏，不计严寒酷暑。而这些倒地毙命的鸟呢？我有限的生物知识不能告诉我它们的名字、种类，它们的来龙去脉，以及它们的生命缘何在一夜之间便终结于此，以如此惨烈的方式。

难道它们是被偷猎的子弹夺去了生命？我蹲下身来，仔细查看那些死去的鸟儿，却没有从那些冰冷的躯体上找出任何一个哪怕是小小的弹孔来。难道它们是因为误食有毒食物而殒命吗？细想之下似乎也不太可能，它们大不至于这样成规模地齐刷刷地死于同一个生疏的地方。我惶惑中抬头察看那一堵高高的墙壁，我看到了那幅蓝天白云的图画上面的斑斑血痕，沥沥血迹！还依稀可见鸟羽被冷却凝固的血块粘贴住了，而有些血色的印迹犹未干，颜色鲜泽，想必是刚飞溅上去不久。

我琢磨开了。为什么在这样一幅蓝天白云的图画上面，会有这斑斑血痕和沥沥血迹！除非鸟们自己撞上了坚硬的墙而折翅断羽，终至魂飞魄散！这才是唯一的原因。

它们不知道，那一片天堂般的天空后面，竟然是一堵坚硬如钢铁的墙壁。

那其实不是一幅美丽的图画，更不是一片真实的天空，而是足以毫不留情地掠夺它们生命和自由的一堵坚硬的墙壁。

我痛惜之际隐约记起早些时候曾从什么报上读过的一则消息。大体是这样一桩事：摩天楼被视为建筑科技进步的象征，但是在芝加哥却成了候鸟杀手。许多迁徙的候鸟误撞高楼，最多一个晚上能有好几千只小鸟因此命丧黄泉。每天清晨，动物保育人员都要赶到芝加哥洛普环状市中心的各大楼下收拾满地小鸟的尸体。保育人士说，“有时候，单单一晚就死了好几千只”。这些魂断芝加哥的小鸟都是途经当地的候鸟，它们面临许多危险，其中一个就是高楼和高耸的光照建筑。每年春季和秋季是候鸟迁徙时期，芝加哥的摩天大楼，例如 AON 保险大楼，高度在全球数一数二的席尔斯大楼，一到夜晚就会熄灯。候鸟平常都可以顺利飞越这些高楼，不过民众利用摄影机拍下来的画面显示，一旦天候转坏，候鸟就会突然向下俯冲。科学家猜测，可能是候鸟平常依赖星星来辨识方位，气候恶劣时转而被市区的灯光吸引，结果撞上高楼。

现在横尸于地的这些小生灵显然也是犯了这种类似的错误。它们分明就是把那一面描绘着蓝天白云的墙壁当成了一片蔚蓝色的天空啊。它们当然到死都没弄明白，为何看起来那样明丽的天空，会成为葬送它们的地狱。在它们永远的意识里面，天空如幽蓝幽蓝的湖，它们就是一尾尾快乐的鱼，在那里面，它们不必担心自己受到任何伤害。它们义无反顾地向着蔚蓝的深处游走，前仆后继，因为它们坚信远方就有它们要抵达的家园，那里充满温暖，阳光明媚，芳草萋萋，它们在那里安家嬉戏，栖息繁衍。

此时，我眼中另一片虚拟的天空中飘荡着的已不再是洁白的云彩，仿佛是一篇血泪凝成的文字，深深地镌刻在坚硬的天空中。我不知道从此路过的人们是否会停下他们匆忙的脚步来读一读。

泣血的爱情

每天早上，我几乎都是被鸟鸣早早地唤醒的。窗外站着一棵粗大而茂密的白玉兰树，齐着二楼高。我正好住二楼，那树就近得伸手可及了。枝繁叶深，鸟儿们肯定早把这棵树当成自己的家，在钢筋水泥的森林里，这当然是不错的选择。不过，除了每天大清早听到鸟儿们彼此之间亲昵地互道早安，叽叽喳喳的谈天说地，以及婉转悠扬的歌唱之外，我还真没有见过与我毗窗而居的那些芳邻们都长什么样。我惭愧凭自己那点可怜的关于禽类的知识，根本不足以从其啼鸣声里分辨出鸟的种类来。而说实话，我原本就无心留意玉兰树上的鸟儿们，我每天清晨都会从树下经过，每天黄昏还是要从树下经过，步履匆匆。而有时候我感觉自己其实也像是一只鸟，早出晚归地栖息在城市的鸟巢里。

我半眯缝着惺忪的眼，看看窗外曦微，眼前一片迷离，通常，我不会急于起床，我知道还有充裕的时间让自己再赖一会儿床。这时候，似醒非醒，似睡非睡之间，任凭鸟儿仿佛就在耳旁轻言慢语。我虽然一点也听不懂鸟语。如果要形容说鸟鸣是多么动听的音乐，又能让我如何地陶醉，那倒难逃矫情之嫌，但现在回想起来，在我的确是一种享受了，朦胧朦胧的，让我习惯于那一种如飘浮在一层薄薄的雾岚之上的享受。

这天清晨的鸟鸣，却是那么异样。尽管我一点也听不懂鸟语。但我的的确确听出了特别的哀怨，每一声都拖了很长的尾调。我被那一声声尖锐而且凄厉的啼鸣惊醒，我登时睡意全无，仿佛从一个恶梦中惊悚而起。我不知道窗外发生了怎样可怕的事情，会让一只小鸟发出如此悲痛的叫声，便翻身起床来狐疑地推开窗子，探头往外瞧去。

我看到了。看到了一只鸟一动不动地躺在水泥地上，翅膀犹呈挣扎之状，羽毛零乱，可以确定它已经死去。还有另一只外表一样的鸟则守候在它的旁边，哀伤的鸣啼即来自它。小鸟独特的外表，让我一眼就认出来那是白头翁鸟，鸟儿头上的那一环耀眼的白羽，就是白头翁的名片。这是一种招人怜爱的小鸟，不独它的外形漂亮独特，而且其鸣声清脆响亮、婉转悠扬，常常给人一种喜悦振奋的感觉。而眼下的一幕，却又是那样让人揪心。凄惨的鸣叫仿佛就在你心尖子上颤动。这时我突然看到那只守候一边的鸟使劲啄住死去同伴的羽毛，然后展开翅膀试图奋力飞起，它一定是想把同伴带走吧。但它的愿望落空了，它只不过是将其拖动了一点点而已。毕竟它没有那么大的力量。它显然更加焦躁了，一声悲怆的啼叫拖得异常冗长。此时它更像一只没头的苍蝇，围绕着同伴的身子转了两个圈，然后腾地飞起来，栖落于玉兰树的枝条，又是一声仰天长鸣，似乎在呼唤求援。

其时，有人陆续地走近来，看到地上的鸟儿，人们停住了脚步。树上的小鸟一见，立马从枝头飞下，展开翅膀护住了人们脚边的死鸟。它一副凛然的模样，好像在警告着人们。目光睽睽之下，它再一次尝试着去拖曳业已僵硬的同伴，它多么想带着它一同飞离。硬邦邦的水泥地当然不是它们的栖息之所，它们温暖的家应该是在蓊蓊郁郁的树林深处，它们精神的乐园是飘荡着蓝天白云的天空。毫无疑义，它又一次失败了，于是，它又开始了第二次，第三次，第四次……死去的鸟儿脖子上的羽毛被一片又一片地抓掉了，渗出了血迹，引来了两只苍蝇，发出令人讨厌和恶心的嗡嗡声。它一点点拉动着同伴，于它而言，天空曾经是那么近，近在咫尺，也许就是一双翅膀张开的距离，但现在，对于它来说，天空却是那么遥远，遥远到无法抵达的高度。它们一定是一对情侣吧，我猜测着，曾经比翼双飞自由翱翔的情侣，曾经不离不弃双栖双宿的情侣，现在呢，一只鸟的死亡，犹如生生折断了一只翅膀，而另一只鸟便再也飞不起来了。这是一个让人酸楚的清晨，哀伤的鸟鸣正在演绎一曲啼血的爱情。曾经在《白头吟》中咏叹出"愿得一人心，白首不相离"的卓文君，如果目睹了眼前的这一幕，她的心头又将是怎样的一番百转千回呢?

鸟儿竟情深至此!"愿得一人心，白首不相离"，我想白头翁一定是因此而得名吧。

我听到围观的人们中有人在嘘唏地感叹，有人在沉默不语。

这时，一个披着一头粟色头发的年轻女子弯下腰来，她小心地把死鸟捧在手心里，许是太过劳累吧，或者是看出了她并无恶意，守候的鸟儿竟然没有做出激烈的护卫的举止，它只是睁着一对圆溜溜、黑亮亮的眼珠子，一眨不眨地盯着年轻女子。不少人都认得她，年轻的女子在小区也算小有"名声"，她的"名气"大是因为她和先生经常吵架，隔三岔五地要闹出些动静来，两口子似乎都是那种得理不饶人的角色，是以免不了让左邻右舍摇头叹气而又无可奈何。她的先生，一个平时看上去有些玩世不恭睥睨一切的男子，此时，却是一派少见的恭顺地立在她的身后，一言不发地注视着她的举动。女子蹲在地上捧着鸟儿，环顾四周不知如何处理，男子见状，便轻声说，我们带出去埋了吧，免得让它守在这里伤心。语气亦是少有的温柔。女子回过头来望了他一眼，轻轻地点点头。

我目送着他们渐渐远去，玉兰树上的鸟鸣啁啾四起，一如往日。

让心安静

堵车似乎是城市难以治愈的“肠梗塞”，尽管几乎天天在我们的身边上演着，让人见怪不怪，但我敢断言，面对水泄不通的阵势，恐怕没有谁能真正做到视若无睹不急不躁。当然，急躁是另外一回事，却由不得你使性子，一点点小性子都不行。每逢其时，我除了偶尔嘟噜几句给自己听听之外，便是挂上空档，且习惯性地将右脚踏踏实实地踩住车刹，眼睛开始四处逡巡。四处其实也没什么可看的，街边的高楼簇拥着，从车窗里仰头看去，让人滋生一种压迫感，前后是各式各样的车子，款式不同，但车屁股里吐出的却是一样的气体，这又让你倍觉抑郁。这样的时候，谁能让自己的那一颗心在烦嚣的搅拌下安静呢？

那天中午因事途经大桥，正值下班高峰，不塞车才是不正常的事，有了这种思想准备，心里面反倒坦然了几分。可我很快发现今天的情况异常。转眼间，不独前面的车看不到尽头，后面的车也已经排起了长龙，靠右边的车道同样如此，而车子不见一点点挪动。根据我以往摸索出的经验，只要车子哪怕是如蚂蚁一般爬着都不必那么担心，至少说明“肠梗塞”还未堵死，呵呵，希望在前呢。但现在丝毫不见“解塞”的迹象。看不到眼前的希望，心里面顿时就烦躁起来了，迫切想知道到底因何而堵，却又不敢熄火下车，唯有干焦焦地等着了。夏日的阳光在车窗上白花花地晃荡，刺眼，闹心。

此时此地，又何以让自己的心安静下来呢？

这时，我突然看到塞在右边车道上的一辆车上一个奇妙的现象。是的，我觉得用奇妙来形容更为贴切。那是辆黑色的车，什么牌子的已不记得了，这并不是重要的事。再高档的车子恐怕也算不得什么奇妙的事。奇妙之处是我透过那辆车子后窗，看到车子里面竟然飞舞着一只蝴蝶。

那是一只白色的蝴蝶，以我有限的生物知识，我不知道它属于哪个种类，它的体形很小，但我依然能够隐隐地看到它双翅上的黑色的斑点，这些像装饰品的黑点使它看起来更加漂亮。它究竟是怎么飞进车子的呢？这是我关心的问题。车窗玻璃半开着，许是坐车的受不了空调的沉闷，为了透透新鲜空气而打开的。我猜测肯定是蝴蝶误打误撞而一头闯入了车内吧。这个莽撞的小精灵，我看见它在窄窄的车子里慌慌张张地寻觅脱离樊笼的出口，却一次次地撞到了玻璃上。看着那个不停飞翔，甚至可以说是不住地折腾着的小家伙，我想见得到它此刻内心的惊慌失措，它的焦急不知比被堵塞于此的我们还要强烈多少倍。

正当百无聊赖之际，一只小小的蝴蝶的介入，让我不觉间竟然淡化了自己心中那份郁结的焦躁，那个飞舞的白色的身影左右着我的目光，我盯着它，无端地就平添了份怜悯。它自由自在地生活的天地又岂是这般窄小的空间呢？我甚至都有了要帮它逃出去的想法。

我看看时间，已过去快半小时了。也就是说蝴蝶不作停歇地扇动着双翼在车子里面飞舞了足足三十分钟，是因为仓皇惊慌不敢停下来？还是因为它找不到供它栖息的一片绿叶，或者一朵鲜花？我暗自惊讶于它弱不禁风的身体竟然蕴藏着这样顽强的力量。

伤情梅雨

这个季节的梅雨恣肆到了无诗意的地步了。

而我曾经认为，梅雨是可以让一个人心里长满无限遐思的，它会让青涩的梅子熟透起来，让你干涩的目光湿润起来，让从春天里蔓延过来，那些各种各样、漫无边际的肤浅的颜色浓郁而深邃起来，并且，让一个季节的表情丰富而光泽鲜亮。我甚至有足够的理由想着，梅雨是一个多么个性化的命名。它的名字里蕴含着柔软、温润、清新，或者还有梅子黄透了的酸甜酸甜的味道和一树清香的气息，使你忽略诸如泥泞、阴霾、晦暗之类灰色的词语。而现在，梅雨在眼底演绎成另一种情境。

我从没有过如此的记忆，那样酥软霏霏的雨丝会变得这般锋利如刃。我的印象里，有的是"一川烟草，满城风絮，梅子黄时雨"里的缥缈，"黄梅时节家家雨，青草池塘处处蛙"里的曼妙，以及"梅实迎时雨，苍茫值晚春"里的愉悦。然而现在，它无情地鞭打着田野里正在抽穗的稻子，冷酷地制造着惊心动魄的威胁，在它漠视生灵的肆虐里，我不知道，与其名字有关的那种叫作梅子的果实，在细细的枝条上，是否又经受得起它天昏地暗没日没夜的折磨。世间任何事情其实都遵循一个理，过之则必然走向另外的极端。

连续的梅雨倾降已近一周了，梅雨在南方的天地间泛滥成悲剧。梅雨目下已不能叫雨了，明确地说它现在该叫作洪水，在我们的身边奔涌着，在电视新闻里咆哮着，让人们的手心和脑门子冷汗直冒。此情此景，我想绝没有谁还有那份惦念梅子熟透与否的闲情逸致了。梅子成熟的声音已被倾盆大雨淹没殆尽。被淹没的还有这个季节里原本是或高亢或低吟或悠长又或欢快的声音，譬如一棵植物拔节的声响，譬如一只鸟婉转的啼鸣，等等。

让人伤情的梅雨。缠绵不再，潇潇不再。

一个大雨滂沱的清晨，因为要去市城参加会议，我乘车冒雨出发了。小车驶上平坦宽阔的高速路，却不敢开足马力奔跑，前方雨雾重重，视野一片迷茫。雨大得令司机不敢有半点懈怠。听得见雨珠一路急急切切敲打着车窗，发出硬邦邦的脆响。由于起得太早，我渐渐地感觉有些疲倦，想小寐一会，却偏偏难以入睡。突然，我的眼里划过一只鸟的身影，就在不远的前方。而霎那间，那只鸟竟然朝我们正在飞驰的小车俯冲过来，我睁大眼睛，看到那是一只黑色的鸟，个头和八哥差不多，只是我认不准它是不是八哥鸟，我不禁心里一震惊，脱口而出：完了，这鸟完了。

许是意识到危险将至，我看到那只黑色的小鸟将飞翔的方向朝右边调整，不过须臾间的事情，它即以一道黑色的弧线消失在我的眼底，我的心又是一紧，不知它是否擦着车身滑翔而去，雨声太大，我自然没有听到任何撞击的声音，而在平时，即使一只小小的飞蛾撞在高速行走的车上，也会发出沉闷的钝响。心里面却窃想，我亦宁愿相信，那只黑色小鸟已经全身而退远走高飞。一路之上心中不免惴惴然。

整整一个上午，我都在一幢办公大楼的十五楼会议室呆坐着。梅雨在窗外编织着一张密密的网，网住了我的心思，直让我无法聚精凝神到会议程序安排的议题上来。好在这样的会议只需要我摆出一副正襟危坐的姿势就可以了。我的眼前老是飞翔着一只鸟的身影，那一道滑翔的弧线刺痛了我的眼睛，一袭黑羽，如果在阳光下，我想那一定是溜光发亮的。我不知道那只鸟是在大雨中迷途了，还是雨水模糊了它的双眼，抑或湿透了的翅膀沉重得使它难以自由翱翔。不然，这个充满灵性的生命，是断然不会拿自己的生命来开玩笑的。有一种鸟是永远也关不住的，因为它的每片羽翼上都沾满了自由的光辉——我的耳边浮起一段经典台词，于是乎我找到了这只鸟在大雨中飞翔的理由。我就那样一直为着那个小生灵无端地猜测着。究其实，我更担忧着它的生死命运。

一直到散会后，司机告诉我，那只鸟已撞死了，它小小的躯体深深地嵌入了车头右边的通风栅栏格里，它终究没能躲过一劫，致命的一劫，我不禁唏嘘不已。

谁的手指轻轻一抹，一道生命的轨迹从此销声匿迹。一个孱弱的小生灵就这样烟消云散，在滔滔奔涌的长河里，它的渺小也许激不起一圈涟漪，而一只鸟的死亡，却分明使我的心空中飘荡着一季伤情的梅雨。那不绝于缕的梅雨，可是泣诉？可是泪水？可是对于不留丁点痕迹的生命的挽留与呼唤？

为一棵老树立传

苦夏。苦夏。蝉的嗓子在冒烟，没日没夜地聒噪着。

又一个停电的夜晚。停电的夜晚，城市像蒸笼，人们则成了没头的苍蝇，到处乱撞。甚至有不惜骑车去几里外城郊的，在水渠旁，或者山脚边，把车一支，铺开带去的凉席，席地而卧，独享一份凉爽与静谧。

我狼狈地穿行在似乎无边的涌动的热浪中，豆大的汗珠子没理由地从皮肤的每个毛孔里汩汩地冒将出来。要是在乡下老家多好，一把竹椅，轻摇蒲扇，去村头那棵老树下乘凉，萤火虫儿在山间田畴明明灭灭，遍野蛙鸣虫吟此伏彼起，蒲扇随意地摇出一个个话题。自有习习凉风迎面拂来，又何至于受而今这般熬煎呢？

但我知道，这只不过是一份远逝的记忆罢了。

村头的那棵老树早在这个苦夏到来之前就不在了。

春上时候，我回了老家一趟，抵达村口时，视野里蓦地浮现一种空空的异样，待看到一个大大的土坑时，才恍然明白是老树不见了，那种异样的感觉分明就是空洞与失落。直达人深的土坑壁犹见老树残缺的根，仿佛断臂裸露着，读得出它们已削断了攥紧的拳头的痉挛与悲愤。春天在乡村满野妖娆，而曾经深深扎入沃土的充满生机和活力的树根呢，现在却被无情地斩断，用不了多久，它们就将干枯、腐烂，直至消失在土壤深处，这难道说是从起点回到终点的轮回例证吗？

记忆的沟坎里那棵虬枝葳蕤的老树，已不复挺拔。要知道，我曾把老树定格在一部山村史的首页的位置上。她见证了山村差不多一个世纪的荣辱兴衰，她总是依依不舍地远眺山村孩子蹒跚的脚印向山路尽头逶迤延伸，她又是那么满怀慈爱地张开苍郁的臂膀拥抱游子踏上厚重的故土。她日渐苍老，皲裂的老树皮块块剥落，甚至能听到干枯的树枝咔嚓一声折断的脆响。霞光里，余晖下，她苍老的身影，常令我想起年迈的爷爷奶奶拄着拐杖，搀扶着站在村头翘首相待的背影。袅袅腾起来的炊烟，仿佛让山村沉浸于一望无际的亘古的苍茫之中。

老树是被人买走的。连根拔起。五千元。其实老树并不能当材料使用，听说是被卖到城里的一个什么广场栽上了，时下城里好像流行兴建大大小小的广场。还听说村里面几个老人其时表示了反对，老人们视老树为镇村之宝。但老树属于村子的公共财产，所以村里有权作处理，何况村民听说卖树的钱将用来修路，也就没几个人言语了。的确，一棵在村民眼里除了可劈作柴烧外已无半分实用价值的老树，竟能换回一大沓村民不知要花多少光景才能挣到的人民币时，谁又不会动心呢，他们打心眼里都觉得值。世俗的利益让村人感到兴奋，他们甚至出动二十多人热情地帮着把挖出的老树抬上了大车，砍斫删剪下来的枝节杈丫则被村人一哄而抢，拖回去作土灶里的下料了。那天，据说年逾八旬的槐九爷老泪纵横，当他的孙子小桂子拖回老树的枝枝块块时，槐九爷大骂他是忘恩负义的东西，弄得小桂子一头雾水，不知九爷搭错了哪根神经。小桂子哼哼唧唧着：不就一棵半死不活的老树吗？它可是进了城哪，变成了城市户口，说不准高兴都来不及哩。槐九爷更恼怒了，颤巍巍地朝孙子扬起了拐棍。

这些年来，在钢筋水泥和混凝土构筑的城市森林里，没少见那些从乡村田头或者深山老林里迁移来的大树。进城时，她们大都被锯子斧头修理得光秃秃的，仅剩树干和三两枝杈，像一头茂密的乌发被一把电剪无情地推了个精光，且一律包扎得严严实实，令人想见她惨不忍睹的遍体创伤。抑或如从远古走来的浑身裹满神秘面纱的女子。只是她是可怜而丑陋无比的。植入灰蒙蒙的城市的缝隙里，还得由一张巨大的黑纱网罩住，乍一看，愣是一堆庞大的黑糊糊的废煤渣。当然这些大树此际的境地不过如在医院里正实施包扎、吊针、输氧之类抢救措施的急症病人而已。自有不乏从此便凋谢了生命的绿阴的。我亲眼目睹了一棵粗壮的桂花树被迁居一隅人工布局的草地上，但它仅仅挣扎着长出几片小小的嫩叶后即枯萎了。一棵曾经青翠欲滴生动鲜活的生命自此如烟消云散，是水土不适还是创伤太重，我不得而知。却有人在心痛惋惜，死去的又岂只是一棵树，价值几千元哪，眨眼功夫啥都没了。

那么我乡村的老树呢？庇护了我一个完整童年的老树，给予我最质朴快乐的老树，在这个分外炎热的酷暑里，老树的命运让我平白多了一份缠绵于心间的牵挂。

当看到一棵又一棵孤零零地栖息在城市的角落里的大树，如我乡村的老树一般，她们的身影曾是我那么熟稔的，她们的怀抱曾是我那么眷恋的，现在，在烈日炕烤般的暴晒下，在城市飞扬跋扈的尘土里，在车屁股冒出的刺鼻的尾气里，她们一步步地坠入生命的悬崖。我仿佛听到了老树痛苦的呻吟和艰难的呼吸，她迁徙的脚步如背负人生之重的乡村父老，每一步都沥出血迹，我甚至看到了她正遥望着迢遥的故土，两行清泪无声地滴落在脚下这块陌生的土地上。

我突发感触地与年幼的儿子说起了老树的故事，尽管我知道小小的孩子不可能理解我的那份情感，我想的只是倾诉而已。儿子纤尘无染的大眼睛里，水汪汪一片清亮。他拍着小手说：“太好了，老树会长出很多很多的小树，把城市变成一座绿色的迷宫，我就可以和小朋友们去树林里捉迷藏了，多带劲啊。”

而我无言以对。

血浸的沙堤

仰天湖北面是一道砂土质的堤岸，距湖面四到五米高的样子，足足有两里地长。许是因为土质的缘故，堤岸上寸草不生，真正的一溜不毛之地，与湖畔其他之处的那种野草葳蕤形成强烈的反差。不管你有没有疑惑，反正这是自然的造化。仰天湖是个天然的湖，叫它湖，其实算不得是那种真正意义上的湖，只不过比我们常见的水库大些罢了，当地人则沿袭着一路叫下来。湖虽不大，但位置好，离城市不过二十来分钟的车程，由于确有些湖光山色的景致，空气也远比闹市区不知清新多少倍等原因，不知何时始，这里不知不觉间成为都市人们闲暇时喜爱逛逛的一个去处。还不独如此，早几年里，光秃秃的湖之北岸竟然招来另一批不期而至的客人。那一群不速之客是燕子。按本地人的称呼，就是土燕子。在土里安家落户的燕子。很好理解的叫法。乡下的孩子，对于燕子并不陌生，每年二三月间，燕子铁定会跟着春天一块回来，就在屋檐下做窝，一点也不怕人，赶都赶不走，稀奇的是第二年它还记得回原来的家。那记性真让人佩服。那是叫家燕的。我小时候还偶然见过老屋前那口水塘的对面土坎里也有一两窝燕子，便觉得奇怪，它们怎么不进人家屋子里住呢？祖父告诉我，那就是土燕子。土燕子并不在人家屋檐下造窝，不过，其时极少见到土燕子，不像家燕子那般常见，家燕子们则几乎是无家不入的。想来土燕子许是难觅合适的筑巢之所吧。

看来仰天湖北岸上的砂土堤坝显然是土燕子们安营扎寨的好去处，是以它们呼朋引伴不请自来了。

于是乎仰天湖上空燕影翩翩，燕语呢喃，竟成了另一番蔚为大观的景致，在一个个丽日缤纷的天气里，湖畔的人们呈络绎之势，他们除了来湖边游玩之外，还多了一个遣兴的项目，那就是看望燕子们，看燕子们飞翔时优美的身姿，听燕子们清脆的啼叫。两里地长的砂土岸上不知什么时候突然间就冒出了密密匝匝的窟窿眼，那是燕子们一口土一口泥地衔出来的新家。一个一个挨得紧，却又独自为家，关起门来成一统。有细心人数过，最多时竟有二百一十八穴之多，这就意味着二百一十八对燕子自此在仰天湖安家落户了。每到石榴花开时节，每家巢穴里陡然又添丁增口，小燕子们争先恐后地钻出壳，睁开眼睛好奇地打量面前这个陌生而新奇的世界，小生命的诞生，让燕子体会到了当爹妈的喜悦，一张张嗷嗷待哺的小嘴巴，让做父母的忙得不亦乐乎，它们左右盘旋，悉心照抚，轮番上阵，马不停蹄地外出觅食，那些小家伙们仿佛天生一个装不满的肚子，每当爸爸妈妈那熟悉的身影趋近家门口，小燕子们立马挨挨挤挤地拥到洞口，张开黄嫩嫩的小嘴，叽叽喳喳地叫唤，似在撒娇，又好像在说“饿，饿”，谁都希望爸妈第一个喂养它。我想，小燕子的叫声，肯定会让爸爸妈妈的眼里充盈爱意，让它们的心里无比柔软吧。这样的场景，在仰天湖上泛起一朵朵暖暖的水花，氤氲而生的温馨在湖面上袅袅升腾。人们驻足观瞻，分明已被这一幕深深感染了。

却没有想到，这宁静祥和的一幕有一天会被无情地摧毁掉。

事情起因于半年前，由于城市的扩张，或许也是因为独特的地理环境，仰天湖所在的行政区域被纳入了一个开发区的规划图纸里。城市的足迹一点点地向四周蔓延，村庄在一点点地被红线图蚕食，好坏臧否，这已不是谁三言两语就能讲出个子丑寅卯的道道来。一纸规划常常因为其特有的效力，而具有了一种可以逢山过山遇水架桥的无坚不摧的力量。简言之，不管人们的心态如何，表情怎样，反正在这种效力之下，古老的土地上一幢幢高楼大厦如雨后春笋般拔地而起，钢筋水泥的森林取代了蓊蓊葱葱的树木，大自然原生态的痕迹被日夜轰鸣的现代化机器那坚硬冰冷的手指毫不迟疑地抹去了。

现在，仰天湖北岸的砂土堤坝上那些燕子们即面临着如此的命运。不，确切地说，是一种厄运。

理由是冠冕堂皇的，因为不毛之地的砂土堤影响美观，因为砂土里那一孔孔燕子的巢穴存在溃堤的隐患，所以必须将堤坝提质改造，似乎已不再需要更多的说法了。而所谓的提质改造，通过专家的层层论证，认为唯一的，也是最有效、最直接的办法就是将堤坝修筑成一道由钢筋混凝土构成的坚固的堤岸。

时下人们总是喜欢以效率来标榜他们的行动。推土机、挖土机、搅拌机，于一夜之间浩浩荡荡地开进了仰天湖畔。燕子们一开始自然不明白这般阵势是针对谁而来的。它们甚至只是睁圆了双眼，好奇地打量着那些在堤岸上排兵布阵的铁家伙，它们根本不会想到，那些庞然大物们的不期而至，竟会与它们有着直接的关联。当机械设备沉重的脚步惊醒它们的美梦，当机器长长的手臂伸向它们辛勤构建的巢穴，燕子们惊恐万状，一个从天而降的噩梦，像一把尖锐的刀子硬生生地扎进了这一片安详与静谧的土地里。

选择在晚间作业，据说是白天有人在阻止施工，人们建议将这一工程推迟到秋季等燕子南迁后再进行，因为现在每一窝都有三五只尚不能飞行的雏燕，如不停工，燕子们势必将妻离子散，家破鸟亡。那将是何等惨烈的后果！据说，承建的包工头起初一口拒绝了，因为时间对他来说就是金钱，接下来架不住大家左一言右一声地劝说，有位老先生甚至跺起脚来，疾首痛心地说，燕子也是活生生的生命啊，不顾这些生命的死活，那简直就是作孽！包工头勉强表态同意再考虑考虑。却不料他玩起了缓兵之计，虚晃一枪，在深夜搞起了突然袭击。那个月黑风高的晚上，一场赤裸裸的杀戮在仰天湖畔悄无声息地上演。

儿子早就嚷嚷着要我带他去看“鱼游燕子飞”。当我和儿子兴冲冲地来到仰天湖时，眼前的一幕让我们彻底惊呆了。正是屠戮过后的次日，堤上只见一派惨不忍睹面目全非的现象，前一天还密密麻麻排列的燕子窝已经被损毁殆尽，从高处滚落的沙土死死封住燕子窝的出入洞口，堤坝顶端的那两棵茂密的梧桐树，曾经是燕子们栖息的乐园，现在也被推土机掀下土崖，一头栽进水坑里。土崖上下都有推土机的车辙印。透过残缺的崖壁向上张望，十余只土燕子绕着被掩埋的巢穴低空绕飞，不时发出悲鸣。当我和儿子靠近崖壁时，燕子们躲得远远地在高空盘旋着，想要近距离观察燕子进出洞穴压根不可能。而在以往，绕飞的燕子对人们丝毫没有恐惧。

可以肯定的是，沙土封堵的巢穴里还有被活埋的小燕子和鸟蛋。我找来树枝撬动土块，试图找寻燕子窝幸存的雏鸟，但是从上而下倾泻的土层严严实实地堵住了燕子窝，就算还有嗷嗷待哺的幼鸟，也无力救它们出来。仅仅时隔一天，燕子窝已成废墟。多么残忍的一幕，儿子的眼眶里泪花盈盈，而我，更不知选择什么样的话语来安慰纯真的孩子。

在天地之间，每一个生命从其诞生之时起，便都具有活下去的理由和权利，再高贵，或者再卑微，生存的权利都是与生俱来的，所谓人生一世，草木一秋，任何生命都是不应该被生生剥夺。这是自然法则，亦是对于生命的尊重。对于一个生命而言，它可以恣意汪洋地活出一派旖旎风光，惹人眼目，也可以俯卧身子，在某个潮湿阴暗的角落自生自灭，无论生与死，究其实就应是一个生命自由、自主的选择，却绝不是被残酷地扼杀的。

精灵般的燕子呵，现在，它们赖以遮风挡雨的家被素有高级动物之称的人类摧毁了，它们穿云破雾的翅膀被贴上文明标签的人类折断了，它们苦心哺育的孩子被向来喜欢自我标榜博爱善良的人们狠毒地活埋了，而就此终结的又何止是上千个生命的长度呢？我知道，要不了几天，一道崭新的堤岸就会屹立于人们的眼前，但我不知道，那道看似坚不可摧的屏障，又将在谁的心里淌流成为一道渗血的溃堤？

忧郁的猫

少时，家里养过一只大黑猫，极其矫健，左邻右舍因它而免除了鼠扰之虞。某天发现其在邻家堆积杂物的闲置牛栏里不声不响地养了一窝崽，有四只，个个顽皮可爱。殊不料，其后不久，母猫竟误食中毒的老鼠，在猫仔们嗷嗷待哺的渴望里，低沉地哀鸣着死去，她的眼眶里贮满了泪水。而小猫毕竟太小了，之后相继夭折。家里自此不养猫，泛滥的鼠药成为猫和老鼠共同的致命伤，村里农家的猫几近绝迹，但老鼠却愈见猖獗，敢于大白天在墙角屋顶“吱吱”打闹。

再之后见识了城里人养猫，却大都是那种贴上了宠物标签的各色品种，它们睡在主人的床上，躺在主人的怀里，肥肥胖胖，半眯着眼，俨然一副养尊处优的派头。它们吃着主人精心调制的食物，享受着主人轻柔的抚摸。学会了绕膝舔指地讨好人类，却基本上丧失了与生俱来的捕鼠的看家本领，它的叫声不再让老鼠胆战心惊，相反，“老鼠戏猫”倒成为言之凿凿的悲哀。传说古时有位画家画了一幅老鼠挂在墙上，却惹得猫儿虎视眈眈，几番纵扑；现在呢，猫却乖顺地依偎着小主人，坐在电视机前看着《米老鼠和唐老鸭》。韩羽先生曾画过一幅猫，有人题句：“见汝昏昏睡，心中感慨多。未知今夜里，鼠辈会如何？”这当是较为贴切的写照了。

这不免使人想起了笼中豢养的老虎，那种原本野性十足的猫科动物，久而久之变得胆小如鼠，面对一头牛犊的红眼一瞪蹄子一蹶哞地一叫，也把它吓得掉头就跑。至于猫的灵性似乎已仅体现在俟主人熟睡之际，蹑手蹑脚地爬上窗台撞落个小花瓶，弄出点小声响来，而待得主人跺脚一怒，可怜的家伙旋即喵喵地叫得人心发软，不忍痛举鸡毛掸子。而与之相反的是，老鼠则活得更滋润了，它们可以肆无忌惮地在下水沟口追逐嬉闹，在大街小巷穿梭招摇，甚至钻进你屁股下面的沙发底下生儿育女，至于什么毒鼠强、三步倒、灭鼠灵之类的玩意儿，鼠们早就领教过了，何况丰富的物质生活完全可以让鼠们对于圈套中的诱惑不屑一顾，所以真像卖鼠药江湖骗子吹嘘的一般，只需把药末涂到老鼠的嘴上，肯定奇效无比。有一个比较牵强的故事足可以例证老鼠的“聪明才智”或者说是狡猾，大文豪苏东坡一次听得衣柜里有老鼠的声响，打开一看，却见一只“死”老鼠躺在里面，正想拔之出来，“死”老鼠却箭一般逃窜了。原来这是老鼠被关在柜里想出的自救之策，先弄出点动静，吸引人来打开柜门，后装作已死，以消除人的戒备心理，再伺机逃生，把个大文豪大大地戏弄了一番。连自称最精明的高级动物的人类都被小小老鼠骗了，试想，那些个毒啊药的小颗粒又岂能诱杀尽老鼠呢。难怪机关算尽的一轮又一轮的灭鼠运动总不能让老鼠绝迹，还不时有花边新闻说何处发现老鼠成群逛大街，何处又捕获了几只重三两斤的硕鼠。

其实，鼠的天敌乃猫也，这是谁也否定不了的定律，不必去考虑先有老鼠还是先有猫的问题，反正猫和老鼠这一对冤家就是生活在一种此消彼长的自然规律里。黄永厚先生画钟馗题为“有我有鬼”，韩羽先生画猫道是“无我无鼠”，说的都是这层意思。

诚然这并非是光长猫的威风，鼠的敌人还多着哩，不是连狗都拿耗子吗？只是人类何必宠坏了猫，倘若捉来老鼠让猫儿“米西米西”，无异于是生生剥夺和扼杀了猫的天性，赫赫然是脱裤子放屁——多此一举的笑柄。我敢说，过着看似幸福的宠爱生活的猫并不见得幸福，饱食终日、无所事事、大腹便便的日子，恐怕是谁都不十分愿意过下去的，更何况还是他人的掌中玩物。不信吧？你不妨仔细看看，猫那慵懒无神的目光里分明藏匿着一份深深浅浅的忧郁。

在激流中舞蹈的鸟

傍晚时分偶然经过河边，发现连续几天的暴雨，使一向几近见底的河流陡然汹涌起来了。其时，桥上、岸边来了不少人观看那一河暴涨的洪水。似乎总有人热衷于围观这样的事情。我一时间记起多年前曾读过的一首长诗，清楚地记得诗的标题便是《围观：东方恶之花》，诗人用长长短短的语句讽刺国人们一窝蜂地爱看所谓的热闹的陋习。我倒是觉得作者的立场太过愤世嫉俗了，有些小题大做的味道。譬如眼下这些面对一河洪水指指点点的人们，就不必以作者的观点来概以谴之吧。诚想，处事之道要做到泰山压顶依然镇静自如，然而如果说你对身边的事情一脸漠然，视而不见，恐怕也绝不能就说你的心性修为抵达了我们渴望企及的某个化境。

我不想去揣摸围观者的心理，我想我没有那种必要去清楚他们现在关心的是什么。权当他们在作悠闲的看客即可。是的，我觉得悠闲应该就是一种围观者的普适心态。

然而此时真正的悠闲者应是一只鸟。

浑浊的河水从上游滚滚而至，又澎湃着远去。洪流中时不时可见浮浮沉沉的漂浮物，大都是不知从哪个地方席卷起来的庄稼、杂草之类。浑浊的洪水除了那一路滔滔的气势外，实在没有什么值得观赏之处。这时，我远远地看见了一只鸟，一只栖落在洪流裹挟着的杂草堆上的鸟。

那些原本嫩绿欲滴的草尽管已经被浑黄的水流浸泡着，显得不再那么青翠，但在一河的黄泥浆里，却又是那般抢眼。我想那只鸟之所以会选择在洪水中漂浮的杂草中栖息，或许正是奔着那一抹耀目的绿色来的呢。

杂草随着洪水逼近了。我站在桥上看见那是一只披着一袭黑羽的鸟，一种我叫不出名字的鸟。鸟在草上竟然悠闲地踱着步子，仿佛浑然不觉自己其实身处险境。此时此刻，它在我的眼里简直就像一个黑色的精灵，在旋涡中轻灵地跳着舞。水流通过桥下时有一丈余高的落差，是以愈接近大桥，哗哗的水流声响愈大，水流湍急，洪水奔涌的声音颇有几分慑人耳目的跌宕。旁边一个小女孩突然惊讶地喊道，“那只小鸟会被淹死的啊”，我心里浅浅一笑，呵呵，还有个小孩子也在注视着那个小生命。听了小女孩的话，我一下子也为黑鸟的安危揪心起来，而之前我可以说一直只顾着欣赏它在激流中那般优雅的漫步。而显然，我和小女孩的担心都是多余的。在轰然如雷霆大振之中，眼看着杂草堆即将直跌而下，说时迟那时快，只见黑鸟不慌不忙振翅而飞，它扇动着一双乌黑油亮的翅膀，箭一般地一飞而起，转瞬间，只见它又远远地落在了洪水中漂过来的又一个杂草丛上。它当然不是高尔基先生笔下的像黑色的闪电，在高傲地飞翔的海燕。但我觉得在激流与旋涡中的这只无名小鸟更多了几分淡定自若。

你看，这时它干脆跳起了舞蹈，像一个娴熟的表演者。一会儿在轻灵地跳跃着，一会儿又作短暂的低飞盘旋，飘摇动荡的杂草丛成为它宽阔的舞台。小小的鸟儿仿佛在为自己的表现喝彩，又仿佛在激流中为人们做一个演示。也许，它还要用激流中的舞蹈语言告诉我们什么。

夜色渐深，围观的人们开始三三两两地散去。河面上一阵比一阵地模糊起来。那只精灵般的小鸟呢？它舞蹈的身影，会在谁的心灵河流上飘逸着？

第六辑　在季候里的遇见

春天的这个夜晚

这个时节的夜晚，我想，田野里当是虫鸣唧唧，呢喃一地了吧。尽管今年的春天是挣脱了一场铺天盖地百年不遇的冰冻而缓缓来到的。然而，没有谁能阻挡得住生命复苏的力量。三月的阳光敲打着额头，敲打着大地，温暖便留在心里，温暖的气息便四处流淌。我其实一直在留意着院子里浅浅的水池边的那棵杨柳，好像在一场午后的阳光里，它光溜溜的枝条上悄无声息地缀上了嫩嫩的鹅黄鹅黄的芽苞。我遗憾自己不曾目睹那个过程。究竟那软软如鞭的柳梢在三月的阳光里，是以何种姿势或动作，又是以怎样的力度，那么轻轻地一抽，一扬，一甩，就风生水起了？静寂的池水顿起微澜，更神奇的是，在风摆杨柳的轻飏里，柳条抽满了一身寄寓着太多期盼和希冀的嫩绿。

这还只是视觉里生命轨迹的舞动。我反而认为，如果在一个静谧的夜晚，三月的夜晚，用耳朵去捕捉那些仿佛来自天外的音籁，不，确切一些说，毋需捕捉，那些哪怕是世上再碎屑的声音也总会穿越时空的暗流蜂拥而至，一阵一阵，情不自禁地来撞击你的耳膜，让你有振聋发聩的悸动。其时，感觉这些声音简直就是在触摸自己的脉搏。显示血流强有力激荡的律动，能证明什么？自然是生命的蓬勃。所以，我有些固执地认为，一切一切的声音，或者说表述不一的语言吧，才能真实地淋漓地诠释和表现出一个生命完全的本质。在我的眼里，色彩只是一种装饰，尽管它能让生命丰满起来，却永远停留在表面与意象的层次上。

我更愿意在三月的夜晚，去凝神谛听那些从寒冷中慢慢恢复知觉的声音。例如一棵草的呼吸，一只小虫的梦呓，甚至就是一粒种子在坚硬的壳里蹬一下腿，或者一根竹鞭在渐渐松软的土里伸了伸胳膊……这样的黑夜因这些而令我着迷，而充满梦幻。

但今夜例外。一位老人在春天到来的时候，迈着沧桑的步履离去，他的背影在春天里愈走愈远、愈走愈远，而终于消失。老人和我住在一个院子里，他慈祥的微笑，轻声慢语的说话，以及平静的生活，曾经是这个院子里关于祥和、关于恬淡的一道风景。季节的脚步总在远去，又总在走近，时光在老人的脸上刻画着道道印痕，院子里的日子却显得那般秩序、那般条理化。而今晚，这种秩序和安详因为老人的猝然离去而被扰乱。一个生命在今夜消殒，许多的生命在今夜，在这个春天的夜晚苏醒或诞生，仿佛冥冥中注定的规律，演绎着哀伤与欢欣、生与死的传奇。我相信老人是踏着一路淅沥的雨声，沿着一溜泛青的古驿道从容远去的，他的身后涨起一汪生命拔节的潮音。谁家的孩童蓦地一声大哭，划破夜空的沉寂，在院子的上空久久回荡。

这个春天的夜晚，我无法让自己平静，不平静的是心绪。而我知道，我曾经多么熟稔和渴望的声音，它们不会因为我的不宁而噤若寒蝉，它们依然在夜的深处里歌唱着，倾吐着。

春天迈着什么样的步子到来

坳者，山间平地。茶花坳，因坳地散落地生长着几棵山茶树而名之。我不知道，仅仅寥寥几株野山茶，怎么就把一个村落都叫得鲜亮起来；我也不曾考证过，在茶花坳古老的历史上是否曾经地如其名，是否有过漫山遍野一片茶花的炫目。反正，从我记事时起，就只晓得寻遍茶花坳的角角落落，也不会数出超过十棵的茶树来。

自然，茶花坳是被山环绕着的。山并不高，却呈延绵逶迤之势。小时候，我趁上山搂柴时，曾爬上一座山头，想把山外看个究竟。而踮起脚尖翘首远眺，却依然只看到一个紧挨着一个峦聚的山包包。平日里站在地坪前，守望从山外走过来一个让我温暖的身影，那是当教书匠的父亲赶几十里路回家。幼小的心里只记得那个熟悉的身影出现在视野里的欢乐，以及又在我的目光里消失在山那边的依恋。的确，我不曾体味过那条逼仄坎坷蜿蜒如蛇的石子路所承载的艰辛。因了山的屏障，茶花坳成为一处宁静的港湾，坐落在山坳里的五十来户人家犹如港湾里停泊的小船，没有暴雨狂风的颠簸，厮守着日出月落，与一茬茬如野草般青了又黄黄了又青的岁月。

茶花坳给予一个孩子的童年，可以说是单调的，甚或说是贫瘠的。所以，我对于茶花坳的春天记忆深刻。因为春天的到来，给了我五彩缤纷的欢快。我似乎对颜色有着特别的触觉与敏感。满眼泛着嫩绿的野草，叫得上名或叫不上名的野花浅浅地笑着。山脚边，一畦畦油菜花金黄金黄地灿烂，有风掠过，一片一片的黄晃荡着明亮，让我的眼睛都跟着迷茫起来。此时，连阳光在我看来都觉得分外明丽。空气纯净得像澄澈的水，没有屑屑尘埃。在茶花坳，最耀眼的自然还是那些山茶花，把山坳的春天绽放得十分的妖娆。其实山茶树都不高大，它们生长得异常缓慢，在一个孩童的眼里，甚至感受不出它们一年一年的变化。山脊上那棵最粗壮的，被坳上人称为老茶的树，据说有上百岁的年纪了，树干也比坳里人家常用的粗窑碗大不了多少。而茶树看起来一年四季里总那么枝繁叶茂，不论春夏秋冬，苍郁蓊蓊的一树生机勃勃。花开得更是茂盛，满树满树素净的花朵，远远望去，竟如山间飘荡着、点缀着七八朵白云。

茶花坳的春天，色彩斑斓，红红绿绿、粉粉白白、蓝蓝紫紫的颜色，几乎在一夜、两夜、三夜淅淅沥沥缠缠绵绵的春雨之后，就深深浅浅、远远近近、淡淡浓浓地，在岭上、在山涧、在野径边欢快地流淌起来，像大年大节时爱美的村姑、爱俏的小媳妇一大早起来就穿上花花绿绿的新衣裳，嘴角边挂着盈盈的笑满村子里跑，好像非得要把自己那股欢喜劲和那般光鲜样让大家都看到似的。于是那耀眼的流连便成为茶花坳让人莫名地眼馋，又让人惬意的一道流动的风景线。

而且还有极好听极好听的声音哩。我的耳朵在柔柔而湿润的风中简直要情不自禁地竖起来了。像柏二爷家的那只机灵的小黄狗一样，稍有风吹草动，毛绒绒的脑袋瓜上马上立起它那一对原本耷拉的尖耳朵。我娘曾骂过我喊得山响也不回应她的呼唤，她气急了甚至会揪住我的耳朵恨恨地说要拧下来喂小黄狗。而现在，我简直没法不去倾听那些春天的声音。宛啭啼鸣的鸟儿，展开郁闷了一冬的歌喉。山雀子叽叽喳喳，在刚刚抽出嫩芽苞的枝头轻灵地跳跃；黄鹂似的花姑鸟掠过天空，溅落一地的欢声；布谷鸟动听的语言总是让农人们怦然心跳……哪怕是群鸟奏出交响乐，我也能脱口说出哪是咕咕的斑鸠，哪是啾啾的灰喜鹊，哪又是巧舌如簧的八哥来。我甚至闭上眼睛，似乎也能凝神谛听到一棵野草的呼吸，一粒虫声的呢喃，捕捉到一根竹笋拱破地皮和一朵花骨朵訇然绽放的动静。

这些妙不可言的天籁，让我深深地陶醉，直至把自己都当成一个音符，在茶花坳的春天里自由自在地飘荡着、飞舞着。

因而，在严冬的深处，我睁着渴望的眼睛，期盼着春天的到来。若干年后的今天，我蜗居在钢筋水泥的森林里，对于春天的到来愈来愈感到视觉、嗅觉和神经末梢反应的迟钝。但茶花坳的春天以一芽小小的探头探脑地张望的嫩绿就明明白白地开始了。再具象地说，某一天，因为哮喘病，整个冬天都只能猫在火塘边的柏二爷那苍老佝偻的身影在岭上踽踽蹒跚的时候，我就知道，茶花坳的春天来了。小黄狗的毛泛出一层柔软的亮光，乱摇着尾巴，在柏二爷身前身后、左左右右地乱窜，时不时冲着四处吠叫几声，惊起石径边三五只野雀子。此时此刻，我当然敢断言，茶花坳的春天来了，百分之百地错不了。

我却真正无法说出，茶花坳的春天究竟是迈着什么样的步子来的，仿佛一只在黑夜里疾行的野猫子一般竟然说来就来了，悄无声息地来到了脚边。

当我躺在床上，辗转着竭力想弄清楚这个自认为很值得弄清楚的问题时，我蓦地听到青瓦屋顶上“呜呜”两声沉闷的低吼声，接着又是“喵喵”两声尖厉的嘶鸣，划破茶花坳春天的夜空。那是野猫子哩，莫非也是被春天走来的脚步声闹得睡不着觉？

而窗外正蛙声阵阵，如鼓。

一声鸟鸣的长度

自从那天清晨被一声鸟鸣唤醒，我就觉得鸟的啼叫应该是有长度的。长度与距离对于鸟鸣而言，我认为不是同一个概念。我不知道那只唤醒我的鸟与我有多远的距离，也不知它是栖息在街边的哪棵树上，还是偶然在晨曦中掠过的，但我的的确确被它的那一声啼鸣惊醒了。而在我的印象中，这还是从来没有过的事情。我从来就睡得沉实，记得在乡村时，那高亢的鸡鸣一声接一声也难得打断我的清梦，而现在不知从何处传来的一声鸟啼轻而易举地就击破了我的梦境。这也是事实。是以，我更有十足的理由说，鸟鸣其实是有长度的。长到何等程度呢？自然无以尺量，我只知道，一声鸟鸣破空而至，在谁的心空中盘旋，你的心有多阔，鸟鸣即有多长。

母亲去遥远的赣南山区探亲归来，竟捎回来一双鸟，唤作竹鸡。竹鸡显然是土叫法，我懒得去考证其学名，觉得这名字挺合适这对自远方而来的鸟。最为典型的特点，其羽毛上缀着斑斑点点的花纹，竟有些斑竹的味道。看着看着，我不觉间喜欢上了这一对圆眼珠骨碌碌转的野鸟，甚至觉得它们天生就是叫作竹鸡的，肯定是在深山竹林里生生息息，披一身竹的青青黄黄。暗想，这种鸟恐怕只能是成为一片竹林的主人了，才可能被人类比喻家禽一样地叫唤开来。明明不过野鸟而已，竟然就蹭上了那一个动听的名字——竹鸡。其个头却远不及鸡的那般魁梧。我不知道竹鸡在人们眼里突出的地方在哪里。那一双竹鸡辗转千里来我家好几天了，也不曾听它们啼叫过一声，轻轻的吱吱叽叽声也少有，要不要说歌唱了。应该说鸟的嗓子即是为歌唱而准备的，那样轻灵悠扬婉转的鸟鸣声从那美妙的嗓子里酿造而来，是几多神奇的事情呢。

而现在不闻鸟鸣。囚于竹篾笼里的鸟似乎已忘记了歌唱，忘记了它原本有着一副善于酿造动听音符的歌喉。母亲说：“这鸟也真怪，从那边过来的一路上还听见它叫唤哩，偏偏进家来反不啼叫了。”我一转念，是了，这鸟其实是一路啼叫着背井离乡的，从一片自由自在的天地流徙到了一个陌生的地域。而这里没有翠竹青草，没有流水青山，有的只是车水马龙，像一个巨大的蜂鸣器，或者干脆一个硕大的鸟笼而已，把人也关在里面了。想来在这样的笼子里，竹鸡寻找不出自己歌唱的理由吧。我看见它的惊慌不安的表情里，藏着深深浅浅的忧伤。我又想着，它何尝愿意将自己美丽的歌喉紧锁起来呢。就像一个歌手，倘若没了歌唱，它又将承载几许深重的苦痛呢？是以，我宁愿相信，眼前这双瑟缩着眼神抖索着翅羽的竹鸡并不曾停止它们的歌唱，它们或清丽或激扬又或雄浑或高亢的鸣啼正在它们心灵的另一片天空、另一方水域上低徊盘旋，缭绕如拂不散的雾岚。它们的啼鸣，总是朝着故乡飞翔，而直抵那一条条熟稔的野径，那一抹抹黛青的远峦，那一脉脉淙淙的溪涧。小径有多长，山峦有多高，溪涧有多深，那鸟的啼叫就肯定有多长、多高、多深。是的，我要这样肯定地说。

父亲耐心地担负起喂养竹鸡的责任来。我猜想，当时赣南山区的亲戚送母亲这一对鸟时，恐怕不是让她捎回来喂养的。据说这鸟的味道鲜美，但一来到家里，没有谁在这个问题上提过半点。父亲反倒自此围着这两个小家伙忙开了，喂食时择翠滴滴的青叶，笼子里每天清洗得干干净净。这样约莫个把月的时间过去了。一天下班回家，在楼下，我蓦然听到四楼阳台上传过来清脆的鸟啼声："西——水——发，西——水——发"，我一惊喜，这应该是竹鸡的叫声。我听母亲说过，竹鸡叫起来就像"西水发"三个汉字发音。尘封许久的心扉总算开启了一丝缝隙，看来竹鸡也懂得了自我调适。自然法则对所有生灵都是一视同仁的。竹鸡的歌声自此开始从四楼钢筋水泥构筑的巢穴里袅袅不绝地飘荡开来，三个简单的音节在我听起来慢慢地竟有了些风生水起的意味。父母显然把竹鸡的叫声也当成一件什么事情对待了。两只小鸟在父亲的照料下长得毛发油亮，惹人怜爱。闲听鸟鸣似也已成为母亲的一件乐事，能盯上竹鸡老半天，仿佛就陶醉在这对鸟的甜言蜜语里。

一天，家里面来了个不速之客。一中年男子打马路边路过，听见那一连串欢快的竹鸡啼叫，莽莽撞撞地就来敲我家的门了，说是愿意花五百元购买这对叫得好的竹鸡。母亲不禁愕然。两只小小的鸟，值这么多钱吗？不相信，一百个不相信。还是父亲老道，打听他买鸟干吗，这鸟值不了这么贵啊？中年男子说出了实话，他要将竹鸡买了去当"迷子"，即利用它的叫声去诱捕其他的竹鸡。所谓能成"迷子"者，自然是歌喉出众，能吸引同类纷至沓来。他一听就知道这一对竹鸡是非常难觅的"迷子"，只怕能迷到一长溜的鸟呢。他抑制不住自己对它们的青睐。这下轮到父亲摇头了，坚决地摇头，不卖，咱养的鸟不去迷人呢，一把将门关上了。

养鸟养出了这样一个插曲，倒是父母未曾料想过的。

没过几天，我偶然发现一只鸟不见了，问父亲，他说，"一不小心让它啄开门逃走了"。我有些狐疑，父亲一向是很细致的，未及多问，心中却有些惋惜。第二天回来，干脆看到鸟笼就空了，母亲指着父亲说："让他放走了”，言语里颇有些掩饰不住的不快，而父亲蹲在空空如也的鸟笼边一言不发，略显颓唐懊恼的样子。

我下意识地仰起头来，朝窗外望去，窗外什么也没有。一片羽毛也没有，一声鸟鸣也没有。

鸟鸣被鸟带着飞走了，鸟飞得多高多远多长，那鸟鸣就有多高多远多长。这，谁都可以想得到、看得到。

春天在一路奔跑

谷雨前，娘如往常一样给我捎来两包茶叶。茶花坳里的人都晓得谷雨前的茶是味道最醇香绵厚的。茶是娘自己动手，经过一通文火慢炒，然后两番手工揉制，再竹筛烘烤好的。好几道工序。而鲜叶的采摘更讲究。春无三日晴，得抢一个风和日丽的天，最好莫过于早上，专挑那新新嫩嫩的茶叶尖子，长了三片叶的刚够，老了不行，太嫩了也不行，看上去绿得半透明了才好。我打开封得严实的茶叶，一股沁香悠悠然弥漫开来。猛吸一口，那香甜味便滋溜溜地直入心田。

茶叶是娘托开班车的大槐捎来的。茶花坳打去年起开通了去县城的班车。

大槐是我穿开裆裤时的伙伴，家里有兄弟姊妹七个，他排老几，我还有些记混了。印象最深的是我们去山外十多里远的小学读书，每每放学回家，刚刚走到能看到茶花坳拐角处那棵老茶时，便听见大槐娘粗声大气的叫唤不知打哪儿遥遥地传过来：槐伢子，你磨磨叽叽个死啊，快点回来扯猪草去。但只闻其声，四下里不见其人。心底奇怪大槐娘站在哪里，怎么她看得见我们，我们却看不见她的影。大槐听得一个激灵，赶快撂下我独自一个蹬蹬蹬地撒开脚丫子飞跑开去。这情形几乎天天如此，有一次我煽动大槐：别听她的，影都没看见，她在蒙你呢。大槐却不敢听我的，依然如得圣令般一路飞跑去。大槐娘嗓门大，打起大槐来也狠，顺手摸到什么就是什么，竹扫把、烧火棍什么的，劈头盖脸撵得他鬼哭狼叫，满山坳乱窜。

其后，我离茶花坳越走越远。大槐勉强混完了小学，我们差不多断了联系。听说他后来去了沿海打工，竟带回来一个小妹子。茶花坳的老光棍桂驼子就说：这槐伢子看起来是打光棍的命，没想到骗回来一个水灵灵的外地堂客。桂驼子这是眼红呢。大槐没有拐骗人家，两口子日子过得有滋有味，一起去原来打工的地方又干了几年，就回了，盖起了坳里第一栋两层红砖房。虽是粗糙的裸砖房，却在茶花坳分外抢眼。大槐头脑活络多了，见茶花坳着手修通去山外的路时，他寻思起了开班车的事。

还是几年前，村民肩挑手挖硬是把那条本来狭窄的山路拓宽了许多，可以跑得了坳里人叫作蚱蜢子的那种手扶拖拉机。其时老村长挂在口头上的便是他从山外听来和从报纸上看来的一句话：要想富，先修路。茶花坳通往山外的、注定要载入地方志的、第一条简易毛糙的公路终具雏形。路修得艰辛，但除了买了些雷管炸药用于开石外，便没有再花一分钱。我敢斗胆说，这想必是方圆几十里最便宜的一条公路了。茶花坳的人们除了缺钱之外，仿佛最不缺的就是一身力气，除了一个硬币恨不能掰成两半用之外，他们最不惜的也是自己那一身力气了。

慢慢地有人沿着这条只能算作机耕道的路走了出去，或迟迟疑疑，或惊恐不安，更多的揣着一份好奇也怀着一份憧憬，陆陆续续地走出了茶花坳。

日子在平淡中悄悄流逝。山茶树花开又花落。茶花坳的春天一季季地蹑足而至，又一季季地消杳在远方迢遥的地平线上。

这一天，老村长坐着蚱蜢子从山外突突地回来，脚未沾地就嚷嚷道：想要富，修好路。他跺跺脚下的地，黝黑的脸上一半是喜，一半是忧。喜的是上头有政策扶持，修路有定额拨款，听说每公里可以补十一万元。我的个娘啊，十一万，这么多，有人惊叫。的确，茶花坳还没有谁这辈子看到过这么多钱，十一万，对他们来说，无异于天方夜谭般的神话。老村长忧的是经费缺口，要村里自筹。可他这个村长当的是一个无剩钱无余米的家啊。这时大槐站了出来，胸脯一拍，说他捐出一万五。老村长先是一愣，差点打了个趔趄，继而一拳擂在大槐胸口，他呵呵大笑，口里连说：好崽好崽，好崽啊。接着老村长挂不住面子般喃喃道：老叔穷了一辈子，就先把小三子攒的讨亲钱垫上吧，没大槐的多，只有五千块。小三子是他的满儿子，在外打了好几年的工，指望攒够钱来讨亲成家。要脸面一直是茶花坳人潜意识里遵循的一条做人的心灵准则。见人家都这样了，谁还能稳坐如石沉得住气？这可不是看戏瞧热闹那么简单。要修一条四米宽平坦的水泥路哩。谁都想踏踏实实地走在那水平如镜的路上啊。老村长说有了这条路，咱也不比他娘的城里差了。再补充道：没钱的别霸蛮去抠鸡屁眼了，没钱咋办？没钱就出工出力嘛，不都一样？虽说这么安排下来了，但仍然有缺口。老村长没辙了，只得厚着脸皮去乡里县城磨起了嘴皮子，以他山民的执拗，三天五天蹲人家办公室门槛，直至好几次一大清早就蹲到了县长的家门口。

三公里长四米宽的水泥路终于从村东头始横贯茶花坳，朝山外蜿蜒而去。茶花坳宁静的港湾因为一个图腾的梦想而变得激情澎湃。最偏远、最贫困的茶花坳却最早修建了一条平坦结实的水泥路，从而一举改写了茶花坳的道路史。全线完工那天，茶花坳比过大年还要热闹非凡，鞭炮声、笑闹声冲天而起。桂驼子甚至从檀木箱里翻出了他家祖传的那把铜锁呐，擦拭得锃光发亮，呜哩哇啦地吹将起来。

大槐的小九九也拨打得如意了，他拉上村长家小三子和村西头陈胡子，合伙跑上了客运。班车通车那天，自然免不了又是好一番热叽闹叽，老人们说，以前进趟城要走两天路，脚板都磨烂，尽是血泡泡，现在三四个钟头就到了，跟神仙一样哩，身子骨硬朗的，干脆求起了大槐，啥时节也搭上叔去城里瞧瞧，当回神行太保戴宗试试？

品着娘托大槐捎过来的谷雨前茶，我端详着茶杯里面一根根舒展开的嫩绿的茶叶，透过那一层薄薄的乳白乳白的水雾，仿佛看到了茶花坳生气萌动的春天正在一路奔跑着。

一口酽酽的茶，让我品咂出茶花坳氤氲的春天的味道。

河流穿过冬夜

我突然感觉自己失去了方向感。这是一个仲冬的夜晚，我独自一人在一条河流的孤岛上徜徉。在彼岸瞩望孤岛，黑乎乎的，模模糊糊的，像一艘巨大的黑黢黢的船，停泊于河流之中。我自然知道，岛上生长着茂密的树木，但现在它们的形状，包括它们或已经光秃了的枝，或已经褪却青翠的叶，都被夜色的手掌一一地、严严实实地遮住了，岛上当然还有鸟儿，那些有着漂亮的羽毛和动听的歌喉的鸟，此时是否已经沉入梦乡？我想，它们只怕正蜷缩在巢穴里，裹紧了身子，睁圆了滴溜溜的眼珠子不肯入眠。冬天的夜晚，往往有或多或少的事物会让一颗心灵难以安放下来，简单一点就说譬如一阵嗖嗖掠过树梢的寒风吧。呼号的冷风那尖厉的叫声在冬天的深夜里扫荡着、盘旋着，或者，甚至还涌起像激流一般的旋涡，这是我远去的记忆中不曾消杳的阵阵惊悸。

我不知自己何以会突然间没有了方向的感觉，也许是因为旋涡这个一闪而过的词语，也许是因为身边这条平静的河流。是的，今晚的河流出其不意地宁静，宁静到我看不见一圈小小的涟漪。对岸的灯光在河面上斑斓，有了些波澜微漾的意味。而竟然没有风，一丝丝风也没有从河面上拂来，孤岛陷于无边的沉寂。我不禁有些迷惑了。而偏偏天边挂着半块残缺的冷月，似乎钉住了一般，我感觉不到它哪怕是滞缓的挪动，铅黑的天幕上不见一点星火，冷冷的清辉生硬而且有了白霜的质感。

这一切都让我有些难以言说的寒冷，深入骨子的颤栗，无树枝的摇晃，无河水的流动，无鸟儿的呓语，无星光的闪烁，我仿佛嗅到了生命静止和沉重的味道。我此刻期望着一阵风袭至，吹皱那一条河流，我想着，水流的方向犹如一个坐标，能让我读出某些生命涌动的体征。我曾经在戈壁滩上的一条河流前驻足良久，那是开春时节，挟着冰块奔涌而至的河流，一路跌跌撞撞，穿过荒凉，蜿蜒前行，淙淙的声响，仿佛给死寂的戈壁滩注入了一脉生机，我静静地注视着它从我脚边经过，又无言地目送着它远去，直至消失在视野里，而我凝神沉思之际，似乎听见在它流经的脚印里，一些天籁般的声音在浮涨，这样的音符使我的心空不知不觉地扩张起来，开阔起来。水的流动与河的流向，对于一片土地，对于土地上的一切有生命的渴望，对于一切生命的心底的呼唤，我知道，其中的意义是不言而喻的。

现在，凝滞的河流，似乎让这个冬夜屏住了呼吸，而更让我从未有过地觉得，一条河流其实远不止是向前流淌那么样简单。

我沿着河流的方向缓缓走着。我当然是知道河流的方向的。我对这条河流熟悉的程度告诉我，她再怎么样消瘦，她一如义无反顾般的流向是始终不会改变的。这无疑就如生命意识的本质，只要存在着的生命，其脚步总是会朝着向上、向阳或向前的轨迹顽强地蔓延开来。时间一阵比一阵地寒冷起来，时间的脚步却不会放慢半拍，那么，河流的脚步呢？河流的脚步声呢？夜色愈来愈浓重。夜色是从群山之巅直铺下来的，铺向河面，便随着河流流动起来。流动的河流却载不去夜色的沉重。所以，在我无奈的目光里，今晚没有主角。孤岛的小径旁散落的惨白的路灯，只不过是为稀少的行人照亮短短几步路程而已，河流的流淌显然与灯火无关。它不需要谁的指引。人静的时候，才能听见自己的心音，在这样一个寂静的冬夜，我又能否捕捉与谛听到一条河流的心跳呢?

河流在这个冬季比任何时候都要枯瘦，前一阵即已露出了低低的河床，裸裎的礁石，仿佛一个赤膊上阵的老者，有些筋骨嶙嶙的模样了，刀子样的冷风从上河口直刮下来，便让人感觉到了河流的颤抖，在如此严酷的时节，那样的形态难免让人心中揣想，不知道它能走多远。因而，我，也许还有更多的人吧，都在渴望一场铺天盖地、不期而至的大雪，看着纷纷扬扬的雪将裸露的河床与岩石一层又一层地覆盖起来，甚至将整条河流都封锁起来，我想，雪于此际则不是寒冷的代名词了，对于一条干枯的河流而言，它更是温暖。世间很多事物大抵如此，就比如寒冷的另一面是温暖，时间是绝对的，也是相对的，平静的后面往往激流暗涌。而今夜无雪。雪在我的梦境之外纷飞。

在今晚深沉的版图上，平静而枯瘦的河流依然是不可或缺的，它像一脉绵绵不绝的气息，在冬夜的身体内潜行着，悄无声息地冲决所有紧闭的经络，让这个冬夜的呼吸平稳、通畅而且踏实。返回的路上，我穿行在钢筋水泥构建的冰冷的城市森林，心中却一直在徐徐回望冬夜里那条蛰伏的河流，耳旁仿佛什么时候已朔风渐起。

那一河的宁静呢，只怕正风生水起吧。

歌谣

这里不仅盛产翠竹，还盛产歌谣，像一茬茬青翠葱茏的植物在井冈山上茂盛地生长着。

井冈山，生长歌谣的红土地。巍峨的青山一重一重，绵延成一道一道森严的屏障，在她小心翼翼的呵护里，歌谣的种子在井冈山的每个旮旯里生根、发芽，遍地开花，歌声如潮，那么的高亢，那么的嘹亮，涌过山岗，穿云破雾，响彻云霄。歌声是满山的红杜鹃，竞相绽放，争奇斗妍；歌声似熊熊的野火，将朽木枯草燃烧殆尽，一如漫山遍野的翠竹，一如八角楼台上的灯光。歌谣，成为井冈山的又一道跃动的风景，又一个红色标签。

歌谣是历史，循着歌声的足迹，我仿佛看到了那段波澜壮阔的岁月。

这当然是用青春和热血浇铸而成的时代最强音，高歌着壮怀激烈，“碰到敌人莫害怕，勇敢拼杀不让他；断头只当风吹帽，负伤如戴大红花”“要吃辣椒不怕辣，要当红军不怕杀；茅草过火不断根，春风一吹万万千”，多么豪迈的英雄气概；歌声里洋溢着喜悦，“红旗飘飘五角星，共产党来哩有田分；打倒土豪和劣绅，劳苦大众乐盈盈”；歌声里飞扬着乐观，“红米饭南瓜汤，秋茄子味好香，餐餐吃得精打光；干稻草，软又黄，金丝被儿盖身上，不怕寒风和大雪，暖暖和和入梦乡”；歌声里表达着坚定信念，“夜半三更盼天明，寒冬腊月盼春风；若要盼得红军来，岭上开遍映山红”“此番回去要革命，拖枪再来当红军；革命胜利有时转，劳苦群众欢迎你”；歌声蕴含了款款深情，情意绵绵的《十送红军》，婉约清新的《请茶歌》，感人肺腑的《红军阿哥你慢慢走》，那份扣人心弦、催人泪下的深情，通过经典的旋律直逼我灵魂深处。

歌谣更是信念。每首歌谣都是井冈山精神的一个缩影，井冈山人这样说。优美的旋律、朴实的歌词以及每一个被赋予了感情的文字，使它有了旺盛的生命力，红色歌谣在井冈山的乡间田野回荡，在深山老林缭绕，一曲曲动听悦耳的山歌，道出了井冈山儿女的淳朴与善良，经久不衰的红色歌谣唱响了井冈圣地的峥嵘岁月。歌声告诉我，哪里是通往心灵深处的路，歌声为我传达快乐和幸福的声音。

在一个薄暮初降的傍晚，我独自徜徉在井冈山的街头，听到红歌广场上一片欢声笑语，一群男女老少正在歌声的伴奏里跳舞，我相信他们脸上幸福的表情分明是情到深处的流露。而我的思绪伴随歌声穿越时空，遥想烽火连天的往昔，体味那一种生命真谛的歌唱和艺术的真实美，不禁遐思翩跹。

脚写的血书

血书，是坚贞或者抗诉的象征，表达思想与感情的一种特别而极端的方式。记忆中在史书与艺术作品中，我没少读过血书的故事，并且常常被这种独特的书写感动。

远的不说吧，譬如清末革命家陈天华遥寄血书即是足以惊天动地之举，陈天华在日本留学时，听到沙俄军队侵占满洲，腐败无能的清政府又要同沙俄私订丧权辱国条约的消息后，他悲愤欲绝，立即在留学生中召开拒俄大会，组织拒俄义勇军，准备回国参战。回到宿舍后，咬破自己手指，以血指书写救国血书，在血书里陈述亡国的悲惨，当亡国奴的辛酸，鼓舞同胞起来战斗……他一连写了几十张，终因流血过多而晕倒，可嘴里还在不停地喊：“救国！救国！”别人把他救醒后，他坚持把血书一份一份装入信封，从万里迢迢的日本寄回国内。读到的人无不感动。他是这样写的，更是这样做的，短暂的一生一直战斗在革命救国的前沿，他著有《猛回头》《警世钟》两部书，大声疾呼“改条约，复政权，完全独立；雪国耻，驱外族，复我冠裳”。最终为了激励人心，陈天华在留下万余字的《绝命书》后，在日本蹈海自尽。

我相信任何一个人在一份血书面前绝不至于做到视若无睹冷眼相对。而在井冈山上，我第一次了解到了脚写的血书传奇，那一刻，我震撼了，我觉得仿佛有一股强烈的电流一下子就击中了我的心脏，使我感到了一阵颤栗。

这份血书的作者名叫刘仁堪，一个芸芸众生中再普通不过的名字，却因为脚写的血书，成为历史的星汉里璀璨的一颗。刘仁堪 1927 年 9 月随秋收起义部队上井冈山。1929 年 5 月 19 日，时任中共莲花县委书记的他被敌人处斩。临刑前痛斥敌人，被敌人割去舌头，血流满地，遂用脚蘸鲜血书写六个大字："革命成功万岁"。

看似简单的一句口号，嘴巴一张，喉咙里轻而易举即可呼喊出来，但对即将慷慨赴难的刘仁堪来说却是一件撕心裂肺的事情，因为他作为一个正常人的发声吐词的功能随着舌头被残忍地割断而丧失了。我想面对高举在他头顶的屠刀，他没有恐惧，面对即将告别的人世，他也没有遗憾，而他最为痛苦的一定是不能把他最后的心声向那个动荡不安的世界控诉出来，一定是不能把他心中最为神圣的愿望向他的父老乡亲、向与他一般正在前仆后继的战友们表达出来。他满腔悲愤遂化作六个用脚蘸鲜血书写于井冈山这片红土地上的大字——"革命成功万岁"。

脚写的血书呵，血泪凝成的呐喊，对黑暗的蔑视与永不屈服，这是信念的昭示，更是激励的号角，字字珠玑，掷地有声。

六个鲜血淋漓的大字，于是深深地镌刻在厚重的历史土壤里，它们在井冈山上盛开如鲜艳的红杜鹃。

井冈山的雨

“秋老虎”犹在午后的山下飞扬跋扈，而当车子沿着蜿蜒的路盘旋而至井冈山上时，一场太阳雨不期而至。先是几颗豆大的雨珠猛然砸在前窗上，看着它们在玻璃上爆裂，在我眼前开成了几朵水花，甚至发出了丝丝沉闷的撞击声，我把那钝响听作了水花绽放的声音。接下来，便是铺天而下的滂沱大雨，雨珠子从四面八方敲打着车身，霎时间，车子内便载满了沙沙沙的音乐。都说雪落无痕，雨落却有声，只不过真正的雨声却在人的心里。

我透过车窗仰望着，天空阴沉，雨雾在山间弥漫，风不徐不疾地在林梢飘荡。这一场雨，仿佛在为我们的到来洗去仆仆风尘，又好像是为踏上这片传奇土地的我们清洗心灵。

历史在这里沉思。我们的确需要一场雨把自己的心灵擦拭得一尘不染，然后，满揣着虔诚与敬仰，踏着轻盈的步子，让我们从雨中出发，一步步地走向井冈山，走近崇高。

井冈山的雨，每一滴都折射出风起云涌的历史。

动荡的岁月里，井冈山笼罩着凄风苦雨与枪林弹雨，肆虐的淫雨在四处泛滥，浓烈的硝烟在山上飘摇，井冈山的信念却永远浇不灭，像挺拔的翠竹，生生不息。井冈山的腥风血雨里，孕育着一颗颗顽强的种子，浸泡着一段沉重然而生气萌动的历史！让目光穿透重重的雨帘，我分明看见一群衣衫褴褛、面黄肌瘦的年轻人，正在井冈山的风雨泥泞中艰难跋涉，他们扛着破败的枪支，提着大刀梭標，目光中透出坚毅，八角帽上的红五星在熠熠生辉，把晦暗的岁月照亮。井冈山的风雨如锐利的刀，雕塑出一种坚韧的气质。

曾经的西风战马消瘦，而现在呢？我走进风雨，仿如走进了一个深邃的沉静世界。晶莹纯净的雨，如清泉冲刷我的微尘的肺叶，濡润我心的荒漠。我慢慢品味着，秋雨的洗礼让世俗的一切变得清晰，喧嚣在雨声里悄无声息地消杳，我的心则在雨声里一点点地安静下来。

偌大的一山静谧让我坠入思想的深谷，沉缅于怀念，对生活和自我的审视，却又让我体会到淡淡的寂寞。

雨落滴答声声，我站在初秋的井冈山上，背后是开阔的天，雨洗过的天空，蓝得像一片令人目炫神迷的海，我吐气如兰，听见自己和满山苍翠的林木一同呼吸。

无名烈士墓

伫立在这座井冈山小井红军医院的无名烈士墓前，我的心中唯有敬仰。在墓的周围，苍松翠柏既像是垂首肃立，静默之中寄托着对死难者的哀思，又像是肩并肩手挽手地将陵墓簇拥起来，为在这里边安息的灵魂遮风挡雨，让他们在宁静祥和之中安稳地睡个好觉，放心地沉入梦乡。

初秋温暖的阳光从树叶间洒落下来，碎成一些斑斑驳驳的影子，墓的四周静谧得能听见我自己的心跳。风在树林之外，在更远处逡巡，似乎也不想来惊扰这里栖息的魂魄。是的，他们太需要安静了。硝烟战火已经遥远了，漂泊的灵魂不能没有一个安放的地方。而现在当我身处这一片安静肃穆中，我的眼前除了那一地细碎的阳光外，犹依稀看到了那段艰苦卓绝的岁月在身边晃荡，这让我的心无法平静下来。

小井红军医院，位于茨坪镇西北，是由原来的茅坪、大井两个医务所扩建而成的。最初取名为“红光医院”，可以说是我军第一所正规医院。1929 年 1 月，湘赣两省敌军调集 18 个团的兵力对井冈山根据地发动了第三次“会剿”，红五军和王佐部在彭德怀、滕代远等的指挥下与敌军展开了激烈的战斗。敌人在多次进攻不得手的情况下，买通了宁冈县斜源村一游民带路，绕过红军正面阵地偷袭了小井村。在医院养伤的重伤病员和医护人员共 130 多人因来不及转移，落入敌军手中。敌军对红军伤病员严刑拷打，威逼伤病员说出红军主力的去向，伤病员们面对敌人的枪口，忠贞不屈、视死如归。敌人未能达到目的，就把伤病员拖到小溪旁的稻田中用机枪扫射，红军伤病员全部英勇就义。其中最小的只有 14 岁，红光医院也被国民党军队烧毁。英雄们倒下后，隐蔽在深山密林里的井冈山群众冒着生命危险，将他们的遗体掩埋在这块稻田中。这 130 多名英雄究竟叫什么名字，史料上没有任何记载。解放后，根据参加过井冈山斗争的老同志回忆，才得知吴鸿禄、李玉发、朱娥龙和邓颖发等 18 名伤病员的名字，大部分则为无名英雄。

曾志曾任小井红军医院的党支部书记，她在生前就留下遗嘱：去世后要把部分骨灰葬在小井红军医院的山岗上，陪伴在这里牺牲的烈士。曾志的墓非常简陋，墓碑上只有简单的几个字："魂归井冈　红军战士曾志"。当时红军的伤员就是在这所医院里进行救治的。因条件困难，基本靠中草药进行治疗，甚至截肢用的也是普通的木工锯，而且没有麻醉药物。红军师长张子清就是被子弹打中了脚踝，未能得到及时救治，最后牺牲在一个山洞里。

在井冈山中国革命第一个根据地两年四个月的建设中，有四万八千人壮烈牺牲，而留有姓名的人不足一万五千人，更多的是无名烈士，永远长眠在这块红色的土地上。

想想吧，青山处处埋忠骨，我不禁为那些烽火中失去的生命扼腕叹息，更难掩崇敬和敬畏之情。满怀庄严肃立墓前，我知道，那一块块屹立的墓碑，分明就是烈士的血肉之躯和他们的铮铮铁骨打造而成的，身世、姓氏乃至性别可以被时间之手抹去，他们的最后一滴鲜血却擦亮了那一颗五角星，擦亮了东方的一片天空。我看见在他们的身体倒下之际，不朽的灵魂却腾空而起，灵魂的光芒映红了我们幸福的笑容，照耀着我们前行的每一段路程。

井冈山，每一寸土地都写满了怀念，每一朵鲜花都承载着敬仰，每一棵树木都是一座矗立的纪念碑。

清香飘远

农历三月三，地菜煮鸡蛋。这天大清早，母亲便盘算开了，对我说，中午要煮上十二个鸡蛋，你姐夫值班没回来，把你清姐（我的堂姐）喊过来吃吧，每人吃两个，再留两个给俺孙子橹橹晚上吃，今天礼拜六，他下午会从学校回家。母亲从来都把三月三吃鸡蛋当成一件郑重的事情对待。她说着说着就忙开了，当然还不忘分派父亲干活，老两口默契地分工，父亲负责煮鸡蛋，剥壳，准备姜片、红枣、枫球子、路边荆之类的中草药配料。鸡蛋自然要是那种青壳蛋，早早就托乡下亲戚捎过来了。母亲呢，则将买回来的地菜放入水池里清洗，那是个细致活儿，因为采自田野山间的地菜难免掺杂着泥沙，需仔细才能洗净，还得把黄叶去掉，地菜从根到籽都是可以一起煮的，择好洗净然后扎成一把煮。一把新鲜的地菜，青青翠翠，缀着些碎碎的白色的小花朵，仿如会眨眼睛的星星一不小心跌落在一汪清水里边。

每每其时，我是帮不上忙的，而且母亲也从不吩咐我哪怕是打个下手什么的。我且袖手旁观吧，看着看着，我似乎就闻到了一缕清香正在房间里袅袅地飘散开来。母亲那专注的样子，好像在告诉我，她正在享受一个惬意的过程，而了无我为之暗自揣测的那份弯腰驼背的辛苦。

正当我无所事事颇感聊赖之际，有朋友邀我一聚，便趁机出来。两个择一茶馆落座胡扯，随意间即聊到三月三的话题，友人猛然记起一般告诉我，今年的地菜不能吃。见他不像玩笑的神情，我有些不解，忙追问原委，他一本正经地说，听说已经发生了食地菜中毒的好几个事例，有些还很严重，原因嘛，据说是今年来雨水太多，地菜生长缺乏光合作用，所以有毒。他说得有板有眼，而可怜我自己对于这方面的知识贫乏，只听得睁大了眼睛。我赶紧掏出手机给母亲打电话。母亲显然听得也是一头雾水，连连追问个中原因，我又怎么说得清呢，便有些不耐烦地对她说，吃不得就别吃了，不就是一把地菜子煮几个鸡蛋吗？母亲沉吟了一下，就听到她在电话里面冲父亲嚷嚷，快别煮蛋了，中毒呢。而父亲肯定已将地菜和鸡蛋一锅子煮下了，我又听到母亲明显气急的话语，她在对父亲发着牢骚，平日里做事一不上紧，今日倒是手脚飞快。老人家当然要心疼那十来个不能吃的鸡蛋了。事后一回想来，我轻描淡写的一句“吃不得就不吃了，多大的事啊”，对母亲来说却是让她倍感惊愕的，除了浪费了一锅清香四溢的地菜煮鸡蛋，她内心的失落感可想而知，几十年来的一个习俗，今天却不得不因为意外而放弃，她为之精心的准备，以及那份郑重其事的心情，也因此随着那一缕地菜鸡蛋的清香而一点点地飘向窗外，直至一点点消杳在天空中。我可以想见，此时，老人那无奈的眼神仿佛伸出了手指，要去抓住那正在一点点淡了又淡的清香的影迹。

民间有“阳春三月三，荠菜赛灵丹”的谚语，还流传着“春食荠菜赛仙丹”的说法，据说可以去风湿、清火、治腰腿痛，“中午吃了腰板好，下午吃了腿不软。”荠菜即地菜，可见荠菜不仅是佳肴一碟，更是灵药一方。地菜生长于田野、路边及庭园，叶嫩根肥，具有独特诱人的清香和美味，想想吧，在春光明媚的三月初三，踏着一地暖暖的阳光，去旷野采一把新鲜的地菜回家，煮上鲜美的鸡蛋，细细品尝着春天气息的清新，也将一年的健康吃了下去，何其快意，又何乐而不为呢？

今年的地菜煮鸡蛋却由于一个不知始于何因且真假莫辨的传言而“鸡飞蛋打”了。一时之间，我因为母亲的怅惘而亦觉得心有不甘，于是有意地打探起来，一时听说那纯粹是谣言，一时听说是某地受了污染而致使地菜不能食用。我和友人探究，她根本不信什么雨水太多，地菜生长缺乏光合作用所以有毒的说法，反诘道，那么所有的蔬菜都有毒了吗？直弄得我觉得自己简直就像一稚童了。潜意识里面，那句“无风不起浪”的说法左右着我，我寻思着还是因为污染而使地菜不可食用的传言具备一定的可信度。在我们身边时不时地上演的一出出环境污染造成的悲剧，已经司空见惯。空气、水、土地，这些一切生命赖以生存的基本条件正在不断地被腐蚀，生态环境面临的严峻程度看似离我们很远，其实无时不在逼近我们每个人，甚至说不定在哪个近之又近的时点就将在我们自己身上得到印证——酸雨离我们很近，地沟油摆上了我们的餐桌，污水就在我们身边横流。面对一桌看似丰饶的菜肴，我们都有过慨叹，味同嚼蜡不提，就算是“吃个放心”似乎都已成了奢望。什么时候那丝丝缕缕醉人的清香已飘得越来越远了呢？不知不觉地我们的视野里沉积了厚厚一层尘埃。

清香已然远去，似乎在我心中落下一片挥之不去的惆怅。我知道，虽然今年的这个传统节日现在看似寡淡无味，其实，从我们的孩提时候起，绵延数千年的诸多传统节日，如春节、清明、端午、中秋、重阳等，曾给我们带来了多少次的欢乐，放飞了我们多少回的梦想，寄寓着我们多少重的情感，甚至可以说伴随着我们人生的始终，千百年来，它们一脉相承，代代相传，而且历久弥新。试想，一把地菜的清香就能将母亲的心思演绎得芬芳四溢，那么我们没有任何理由不在亲近自然中，去感受自然的变迁，感谢自然的恩赐。喜气丰收的春节，春雨如酥的清明，百花争艳的端午，月明如镜的中秋，秋高气爽的重阳，这一切的一切，无一不会让我们在积淀着深厚文化的节日里，滋长出热爱自然、敬慕自然、与自然和谐相处的情结。

我暗暗地期冀着，但愿我勤劳善良的母亲对于节日的期待永远弥漫着淡雅的芳香。

秋野，拾穗的老人

其实秋天的脚步声正在一点点地远去，秋天的原野上空廖静寂。不见弯腰的稻子和镰刀的身影，收获的季节把沉甸甸的喜悦珍藏入农人的心坎里。偌大一片秋野，就未免多少欧阳修老翁笔下的萧索了。这季节风掠过的秋野，原本就没有几分诗情画意，而触发我执笔写这篇小文的灵感来自一位拾穗的老人。而今想来，其时我有一种笔尖抵着胸口的感觉，那般真切。

那天下乡，在枯叶淡然飘落之际，车子已悄然开出了小城。秋天的原野，便那么裸露着铺开在车窗外，褪尽丰满与色彩，给人的印象就一个“瘦”字，瘦得你心情单调寡淡，乘车的寂寞亦扑面而来。就在这时，我骤然看到了一个身影，坦坦荡荡的原野上的一个身影，从那微微佝偻的背，从那略显迟钝的动作，我断定那是一个老人，他提了一个小竹篮，低着头在田野里拾穗，弯腰、蹲下、直身，偶尔扬起头来四周搜索一眼。他的身躯显得那么瘦小，在空旷的秋野上，平添孤单的氛围。我看不清他的脸，但我熟悉他的动作，拾穗的动作在俯仰之间，涌来一丝温馨的风，温暖我的回忆。记得儿时，我也常常和伙伴们去田野里拾穗。只是并不选择如此萧条的时节，那时总爱跟着大人们忙于收割的脚后跟，所以收获也颇丰，不像这位老人，在野雀也懒得光顾的田野里拾穗。可以断想，他能拾到几根穗子呢？

我无意揣想这位老人此时的心境乃至他所处的境遇，我也不愿在此多费笔墨去猜想老人脸上被汗水冲涮而成的道道皱纹的沟痕有多深刻。或许，老人并不是在拾穗，而是在重温一段逝去的回忆。在严冬的脚步日渐逼近之际，把一段珍藏已久的记忆平平展展地摊开在深秋的阳光下晾晒，又会勾起多少温暖如春的亲切怀想呢？如此，拾穗便成为一种不具深蕴的形式，是不必去推敲那些动作的意义的。这使我想起自己常常在劳累一天之后去户外随便走走，揣一种淡然的心境，任喜怒哀乐忧郁烦躁在无节无韵的脚步声里慢慢消逝，不知不觉之中，躁动的心绪渐渐归复为平静，便有了一份平常之心去伴我继续漫漫的旅程。当然，有时小小的收获（或者说意外的成功）亦会让我自悦一阵自励一番。诚如我的随意走走，也许老人拾穗的动作，其实只是一个单纯的动作。生活中有许多动作往往是这样，它常常只是我们借以调整心态和步伐的形式而已，所以就不必顾及秋野的荒凉，不必顾及时空的静寂，身外的环境有时候其实是次要的……

不知何时，老人的身影已在车窗外消失，我的心再次趋于宁静，一如秋野安谧。

一朵忧伤的茶花

娘老早就在那株老茶树下守望着，我大老远就看到了娘熟稔的身影。此时的茶花坳依然春寒料峭，不像在我生活的小城里，从吹到脸上的一丝风儿，即能感触得到春天走近了，感觉得到季节的替换。那风的温度，便是季节明显更替的晴雨表。茶花坳却不同，虽已早春，但人们的穿戴依旧臃肿，柏二爷的瓜皮毛绒帽仍旧不敢摘下来，娘的对襟棉袄依旧严严实实地裹紧着她羸弱的身子。现在，我隐隐地看见站在老茶树下的娘竟然没有穿棉袄，她双臂交叉环扣在胸前，收紧双肩，缩着头，在细碎地踱着步，其神态分明感觉到瑟瑟的冷。我不禁有些诧异，平日里娘不是这样的，她知道上了年纪的人在春天里最容易感染风寒而一病不起，所以她总是小心在意，宁肯多穿些，捂得风渗不进，今天她是怎么啦?

我紧上几步，看见娘的老蓝布面的棉袄竟然裹在一屁股坐在老茶树下的一个女人身上，那女的神情呆滞，目光分散，脸上和头上却收拾得很干净，嘴里独自喃喃着什么，我一眼就认出来，她不是茶花妹子还能是谁?

见我走过来，茶花咧嘴一声无言的微笑，露出一排山茶花似洁白的牙，然后自顾自地玩起了手上的一朵山茶花。她好像异常小心地揣着茶花，那茶花显然是刚从老茶树上摘下来的，犹未完全绽放，只见她歪着头对着茶花左瞅瞅右瞧瞧，又嘟起嘴朝着花蕊轻轻地哈着气，再嘿嘿地傻笑两声，了无茶花曾经的聪明伶俐与可爱的半点痕迹。

看我一脸愕然，娘叹道：造孽呢。她弯腰搀起茶花，哄细伢子一样说：走喽，茶花，回家去喽。

茶花的家就在老茶树后面不过里把路远的岭背上。老茶是茶花坳最老的一棵野山茶树，坳里人叫它老茶就像相互间老陈、老王的称谓一样，坳里人在心里面早就把这一棵最年长的山茶花当成了茶花坳人中的一个。茶花的家离老茶最近，茶花呱呱落地的时候，老茶正好开满了一树的花朵，目不识丁的茶花父亲刘黑七在四十岁了才得女儿，他从窗口一眼就看见鲜艳的山茶花，喜滋滋地脱口而出：就叫茶花，就叫茶花。

茶花于是响亮地叫开了。小茶花一天天长大，和茶花一般惹人眼，招人怜爱，茶花越长越像她的娘，一个模子里面倒出来的，坳里的老娘们说。茶花娘有癫痫病，要没那个病，坳里人都说她不会从山外嫁进来，更不会跟那个穷得衣服上补丁叠补丁，锅盖叮当碰锅盖，且比她整整大了十岁的形容猥琐的刘黑七过日子。

我记得茶花是坳里人最疼爱的姑娘，她不仅模样儿讨人欢喜，而且小嘴巴甜，心眼也实，放牛、扯猪草、洗衣服、做饭一点都不含糊，帮哪家大娘穿个针线眼，跑四五里外供销社买火柴煤油什么的，一喊就到，让她用零钱买颗硬硬的水果糖也舍不得。那么乖巧的茶花却命运多舛，十多岁那年，刘黑七患肝硬化去世。他根本就是一个酒鬼。经常人事不省地醉在路边，有一次还摔倒在溪涧里，幸亏茶花一路寻过来及早发现，大声哭嚷着把大人们招过来才拣回他的一条命。父亲走了之后，茶花在邻里们东凑西衬之下，只读完了小学，便再也无力上学了，而她是多么渴望在教室里朗朗地诵读。她的学习成绩一直很好。离开学校的时候，茶花一直哭着磨磨蹭蹭回到了家，一双水汪汪清澈的眼睛直哭得红红肿肿了好几天，茶花娘一急，癫痫病陡然发作，吓得女儿茶花抱着娘，扯破嗓子般大哭，泪如雨下，她摇着娘的胳膊哭喊：俺不读书了，俺不读书了。坳里老老少少看着懂事的小茶花，禁不住跟着流眼泪，柏二爷老泪纵横：造孽啊，造孽啊。从来就是一把刀子嘴的大槐娘紧紧搂着茶花，不停地抚摩着她泪花花的脸蛋。

从此，经常看见茶花在老茶下发呆，脸上的笑容少了许多，即使跟你笑一笑，也那么生硬，就像挤牙膏一样。十来岁的小姑娘，本是无忧无虑，爱蹦爱笑的时候，茶花却不得不与母亲相依为命，撑起早逝的父亲刘黑七留下的那个破碎的家。那是怎样的一个家啊，简直就是在风雨飘摇之中一艘随时都可能翻倾的破船。以往每次回家，我总要给娘捎上些水果、点心之类的东西，娘便忘不了拿些给茶花娘俩送去。娘时常跟我叨念，茶花是个苦命囡。又自顾自地说，这个好闺女，可惜生错家了，盼她大了嫁个好人家，黑七那个死鬼的魂真要显灵，就该保佑茶花嫁个好人家。坳里人向来把女孩子大了嫁个好人家看得很重要，那可是一辈子的幸福与依靠啊。

未曾想，曾经鬼精水灵的茶花变成了眼下这副凄惨的样子，看着娘搀扶着茶花在我前头蹒跚地走着，茶花神经质地迈着步子。那个满坳里飞跑，采映山红、扯蕨菜、摘山茶籽的茶花不见了；那个噌噌几下就爬上老茶折下一枝含苞的山茶，然后把它插在窗台上的玻璃瓶里，看着花骨朵一瓣一瓣地绽开的茶花不见了；那个哭着闹着要读书，又山上土里忙前忙后还得照顾患病母亲的茶花不见了；那个懂事理惹人怜爱，以稚嫩的肩膀支撑着一个摇摇欲坠之家的茶花不见了。我的眼前晃荡的全是曾经的茶花那或活泼泼或笑盈盈或泪花花甚或孤零零的影子。而不是现在这个木木然然的背影。我回头望一眼老茶树，山茶花开得依然绚丽灿烂，像记忆里茶花的笑脸。

我其实不忍去打探茶花怎么会变成今天这个样子。我知道不用去探究也清楚茶花必定经历过多么惨重而辛酸的磨难。那一定是一道深刻的创伤，足以毁灭有着茶花一样纯洁的茶花姑娘。娘告诉我，大家都不晓得好端端的茶花怎么说疯就疯了，她仅仅独自去了一个很远的地方做了不到十个月的事，回来就变成这样了。当然，也没人知道她在外面具体打的什么工。坚韧的茶花终究没能挺过她花季般的人生中的又一道坎坷。善解人意的茶花，甚至没有向茶花坳的人们吐露半句她所承受的残酷。也许她只想独自一个人担待着。她的疯，成了坳里人纷纷猜测而又百思不得其解的一个谜。人们除了扼腕叹息外，只有同情和无奈。

疯了的茶花却不哭不闹，唯孤单单地每天坐在老茶下，安安静静地仰起脸，目不转睛地注视着老茶树的枝枝叶叶，仿佛在向老茶默默倾诉她如烟锁云罩的心事。而老茶可否听得懂她深深浅浅的忧伤?

看着茶花无神的眼睛和一脸的无助，我对娘说：应该送她去医院啊。话一出口，我自知纯属一句空话。是啊，谁送茶花去医治，她那犯病的娘吗?娘接过话题道：是啊，这种病早治早好啊，拖得久了，只怕真就糟蹋了一辈子，如今，你柏二爷替茶花化缘去了，等讨来些钱，坳里再家家户户凑上点，让大槐送她去县城看病。唉，这几天你柏二爷也苦了哩，咳着咳着到山外去了，没法子呦。娘重重地叹息着。

一旁的茶花歪着脸犹自瞅着手中那朵山茶花，满脸专注。那是一朵白得耀眼的茶花，在茶花坳春天的眼眸里，燃烧成一片忧伤，如缕缕轻烟，在山间飘荡着什么。

走近秋水

穿过那条洒满落叶的小径，一带秋水便横陈在眼前。阳光下的秋水仿佛是吹不皱的，吹不皱的秋水能让你一眼望穿。也许，你无从目测秋水的深浅，但透过秋水，你似乎可以清晰地看见季候鸟由远而近又由近而远的身影。

走近秋水，心却不能不归于平静。你也不得不诧异这一片湛蓝，蓝得神奇，蓝得纯净，蓝得深邃，蓝得你的心空也澄澈如许。天高，云淡，秋水长。如果不是凝神谛听，也许你捕捉不到秋水流淌的足音，秋水仿佛在你生命季节深处潜流，像脉搏平稳有力的律动。被秋水点燃的枫叶红得正旺，经秋水浇过的果子熟得正透。而在秋水中浸染过的季节，更显魅力，成熟，却不失蓬勃逼人的涵度。

婉转悠扬的柳哨已经远杳，荡不起秋水一掬情怀，谁能拂得起秋水情感的涟漪？秋水瘦，秋水无痕，秋水的深沉却蕴藏在如月夜箫声的凄清里，像伊人爱情故事的主题，让你我不由得驻足静听而思，或情不自禁地循着这籁音走过一段回忆的幽径。

走近秋水时，秋水已顺着你的指梢向前溜去，她终将流向远方的季节。那么，你要不就站在秋水之岸际，看远征的帆影载走一季一季的风景，载不走的却是满鬓霜花；要不你就跃入水里吧，做一尾无名小鱼，溯流而上。譬如投入蓝天，你就是那悠悠一朵白云。